Ma vie est mieux que la vôtre

Conception et réalisation graphique : Caroline Gioux
Photographies : Lisa Carletta assistée de Julien Bonnin
Maquillage et coiffure : Mathieu de Mayer
Set design : Aurélie Sart assistée de Philippe Adélaïde
Stylisme : Sylvie Portugal de Moura
Illustrations : Shutterstock

HARPERCOLLINS FRANCE
83-85, boulevard Vincent-Auriol, 75646 PARIS CEDEX 13
Tél. : 01 42 16 63 63
www.harpercollins.fr
ISBN : 979-10-339-0982-8

Alison Wheeler

Ma vie est mieux que la vôtre

Harper Collins
POCHE

À Ruth, ma mère,
qui m'a eue par voie basse.

À Kelly-Ann, ma sœur,
qui est comme une sœur pour moi.

INTRO

Parmi les petits plaisirs qui égayent mon quotidien figurent les balades dans les rayons bien-être des librairies. Je l'avoue : j'adore feuilleter les livres de stars qui prodiguent des conseils santé et bonheur révolutionnaires comme « Souriez à la vie » ou encore « Croyez en vos rêves. » Il faudrait quand-même préciser que, passé une certaine heure dans la rue, si tu crois un peu trop en tes rêves et que tu souris à la vie, tu finis le plus souvent par te faire suivre par un type en imper et par déposer une plainte au commissariat pour frottage non consenti. Si ces ouvrages me fascinent autant, c'est aussi parce qu'ils pensent solutionner la majorité de nos problèmes du quotidien grâce à une alimentation riche en graines de chia — mon immaturité me faisant rarement défaut, j'aime énormément la sonorité du mot « Chia ». Pour eux, le chia, c'est la vie, et je visualise très précisément la femme qui a acheté ce bouquin, chez elle, en train de saupoudrer ses fiches de paie de graines de chia en espérant que ça les rende plus digestes. En écrivant *Ma vie est mieux que la vôtre*, j'ai voulu détourner les codes de ce genre, avec ironie et légèreté, et donner des conseils à la portée de toutes et tous ; imaginer un livre qui serait comme une épaule douce sur laquelle vous poser. J'espère que ma petite expérience sera une source d'inspiration pour celles et ceux qui sont, comme moi, parti.e.s de rien et n'attendent pas grand-chose. Que, grâce à mes conseils, vous apprendrez à arborer un sourire inextinguible face aux anicroches inextricables de notre existence et à cette phrase qui est beaucoup trop compliquée.

1

MON PARCOURS SANS FOTES
ou presque

Fresh Prince
HOME ALONE
U Can't Touch This
-M.C. Hammer

CHORALE, BOULETTES DE PAPIER et Francky Vincent

J'ai été très choquée le jour où mes parents m'ont imposé pour la première fois la torture de me déposer à l'école maternelle. L'école maternelle, cet endroit traumatisant qui m'arrachait au calme et à la chaleur de ma maison, où j'étais obligée de me mélanger à des dizaines d'individus minuscules et agités qui se prennent pour Jean-Michel Basquiat et font des bulles de morve avec le nez. Comme j'étais solitaire et plutôt dans la lune à cette époque, la seule personne capable de cerner ma personnalité c'était ma maîtresse qui, au moment de la chorale, m'avait donné la lourde tâche de sonner le triangle, pendant que nous reprenions ce classique définitivement indémodable : *Pui Pui l'escargot*.

D'ailleurs, j'en profite pour vous recommander chaudement cette comptine sur le combat de Pui Pui, un escargot qui lutte pour sa survie et qui est pris dans la tourmente de violentes intempéries avec sa cousine la limace. Il va se battre pour lui trouver un lieu d'asile et surmonter l'adversité d'une grenouille — « Reinette » — affamée, grâce à son amie et « Boul' de gomm' la tortue ». Une véritable ode à la vie sur le vivre ensemble et la nécessité de l'entraide dans notre monde hostile actuel.

J'attendais également avec beaucoup de hâte la fameuse « heure du goûter », qui m'a elle aussi laissé une trace indélébile. Toute la journée, je trépignais de pouvoir mettre un terme à ce suspense insoutenable qui me rongeait de l'intérieur. Celui de découvrir si dans cette pochette en aluminium se trouvaient ces putains de BN dont tout le monde me parlait à l'école, et que ma mère refusait cruellement de m'acheter depuis toujours. À la place, j'avais droit à des « gâteaux fourrés » ; c'était selon elle « exactement pareil que des BN ». À la différence près qu'à la place du chocolat il était fourré d'une pâte marron informe, et qu'au lieu d'arborer un sourire mutin le biscuit ressemblait à Jean-Pierre Bacri un dimanche de novembre. Déjà, j'avais l'intuition tenace que ma jeunesse, qui commençait à peine, allait être jonchée d'obstacles.

À l'école, j'étais une élève plutôt attentive, et l'essentiel de cet enseignement est resté gravé en moi à tout jamais. Comme tout le monde n'a pas été gratifié de ma mémoire phénoménale, je vous rappelle les fondamentaux :

» Hugues Capet a été sacré en 987,

» « cochon d'Inde » en allemand se dit *Meerschweinchen*,

» il est impossible de se lécher le coude.

Très tôt, j'ai su que je ne serais jamais astronaute, parce que mes matières préférées étaient le français et le sport et que, jusqu'à preuve du contraire, on n'a jamais envoyé personne dans l'espace parce qu'il ou elle était fort.e en acrogym ou en écriture d'invention.

En primaire, j'étais assise pile entre les intellos tout devant et le gang des radiateurs du fond de la classe. Personne ne savait trop à quoi on servait, nous, les élèves du rang du milieu. On n'était ni populaires ni rebelles, on était tout simplement là et personne ne nous calculait : le rang du milieu, en fin de compte, c'était un peu le Modem de la classe. J'ai réussi à faire ma place d'abord en officiant en tant que passeuse de boulettes de papier, mais mon business a coulé le jour où je me suis fait gauler par la maîtresse avec une demande de Samir pour Julie, qui était d'un romantisme à faire trembler Shakespeare et dont je vous mets ici un extrait pour le moins saisissant :

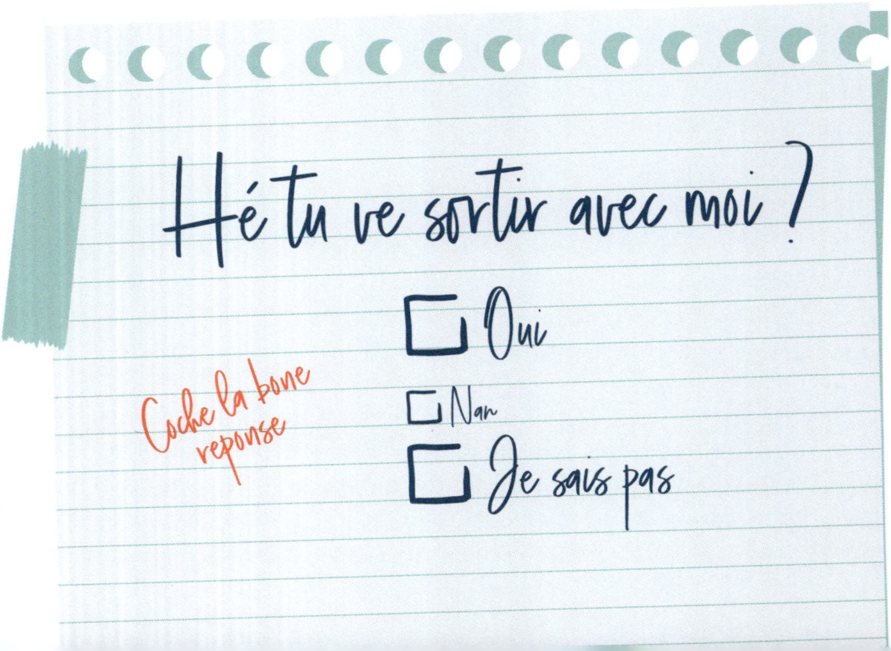

Arrivée au collège, j'ai développé avec Céline, ma voisine de classe super sympa, un amour démesuré pour la papeterie et ses multiples usages détournés — encore aujourd'hui, les rayons fournitures des magasins me donnent des papillons dans le ventre... Tout a commencé lorsque nous avons repeint les ongles et les trousses d'un bon tiers de la classe au Tipp-Ex. Dès lors, on aurait pu se diriger vers les BTP ou les métiers de l'esthétique, mais notre clientèle en a décidé autrement et nous avons dû diversifier notre activité commerciale en développant un trafic de matériel scolaire inédit, produit de façon artisanale et 100 % made in France. En échange du respect des deux autres rangées, on fournissait tout le monde en cloisons-classeurs pour les contrôles, mines de compas aiguisées pour faire des gravures sur les tables et en effaceurs-sarbacanes à air comprimé, notre best-seller.

Je regrette quand même amèrement de ne jamais avoir rien saisi aux mathématiques, qui m'ont toujours mise dans l'embarras. Un simple problème d'arithmétique pouvait m'envoyer dans des digressions spirituelles à des kilomètres de la question initiale. Voici la reconstitution de ce qu'il se passait dans ma tête à la lecture d'un simple énoncé :

Pierre mesure 5 centimètres de plus que Jacques
mais fait 10 centimètres de moins que Paul
qui, lui, mesure 1, 85 mètre.
Quelle est la taille de Jacques ?

Pour moi, la taille de Jacques n'était pas le nœud du problème. Non, la vraie question était : quel genre de parents appellerait ses enfants Pierre, Paul et Jacques ? Seraient-ce des personnes totalement dénuées de créativité ? Ou peut-être, au contraire, des fans nostalgiques de Pierpoljak, seul et unique membre du mouvement reggae français des années 1990 ? Et pourquoi mesurer trois hommes les uns par rapport aux autres ? Pour les faire baigner dans une masculinité toxique, c'est ça ? La taille a-t-elle alors vraiment de l'importance ? Et qu'aurait fait Pui Pui l'escargot dans cette situation ?

En parallèle de mes études au lycée, j'ai cherché un job pouvant allier mes deux grandes passions, j'ai nommé : le vin en cubi et le colamaya. Très naturellement, j'ai donc décidé de me former au métier d'animatrice de colo*. Grâce à l'organisation d'olympiades entièrement plagiées sur les épreuves de Fort Boyard et à une imitation mal sentie du père Fouras sous trachéotomie, j'ai obtenu mon diplôme du BAFA avec la mention « Très bien ».

* Colonie de vacances, pas de coloscopie. On n'anime pas des coloscopies, même si maintenant que j'y pense ça pourrait être très intéressant.

Avec ce diplôme, je suis partie plusieurs étés de suite m'occuper d'enfants de tous les âges dans des centres de vacances. Mes journées se résumaient grosso modo à courir avec, sous le bras, un gosse qui menace à tout moment de se faire dessus, ou encore à sauver des enfants de la noyade. Mais ma première mission était surtout d'élaborer des activités épuisantes pour qu'ils soient hors d'état de nuire en fin de journée, lorsqu'ils retournaient auprès de leurs parents. C'est étrange comme ce taf m'a rendue complètement cyclothymique : d'un côté, je n'avais qu'une hâte, qu'ils rentrent chez eux parce qu'ils aspiraient toute mon énergie vitale mais, une fois seule le soir, je me retrouvais à pleurer, roulée en boule dans ma chambre, parce qu'ils me manquaient. Ça ne durait pas longtemps car après notre journée de travail, avec l'équipe d'animation, on avait généralement vingt minutes pour dîner puis trois pour enfiler une perruque et chanter *L'Envie d'aimer* devant des vacanciers imbibés au rosé alors qu'on avait plutôt l'envie de pioncer.

Je garde tout de même un excellent souvenir du métier d'animatrice, même si je n'aurais pas pu persévérer dans cette voie : avec la pression et le manque de sommeil, j'aurais fini avec l'espérance de vie d'un hamster.

C'est étrange comme ce taf m'a rendue complètement cyclothymique.

Une fois mon bac littéraire en poche, je me suis inscrite en fac de lettres à la Sorbonne à Paris pour enfin vivre mon rêve de devenir comédienne et marcher dans les pas de ceux qui ont séché la fac en 68. Je tiens quand même à préciser ici que je suis allée jusqu'au master 1 de lettres modernes, tout ça pour finir par citer du Aya Nakamura dans mes conversations à 32 ans.

Pour me payer des cours de théâtre, je suis allée, sur les conseils d'une copine, dans une agence d'hôtesses. Les critères d'embauche étaient plutôt simples : faire plus de 1,65 mètre, savoir parler avec la voix de Siri et venir habillée comme une escort. Très vite, j'ai compris que dans le monde des hôtesses, le Graal était d'être choisie pour travailler au Salon de l'automobile, porte de Versailles. Après un entretien réussi, j'ai eu le bonheur d'être sélectionnée pour être enfermée sur une estrade avec une voiture qui tournait sur elle-même – je crois que cela reste mon plus beau rôle jusqu'à aujourd'hui.

En théorie, mes journées devaient consister à orienter de potentiels clients vers des vendeurs en disant : « Souhaitez-vous rencontrer un vendeur pour cette Opel Astra 5 portes diesel ? »

En pratique, je passais mes journées à répéter : « Non, c'est très gentil, mais je n'ai pas envie de coucher avec vous sur le capot de cette Opel Astra 5 portes diesel. »

J'avais développé une technique imparable pour conserver un sourire accueillant et un regard vitreux malgré ces conditions hostiles : je me repassais mentalement les images poétiques d'une vidéo YouTube que j'aimais montrant la joyeuse remontée à contre-courant de la rivière de Malbaie par des saumons tout en serrant bien fort derrière mon dos ma main droite – un doigt d'honneur est si vite parti !

Suite à cette expérience mémorable, j'ai lancé une pétition afin de renommer le Salon de l'automobile en « Salon de la femme qui morfle en talons de 8 centimètres devant une bagnole et qui doit refuser des centaines d'avances dignes d'une chanson de Francky Vincent ».

À L'ÉCOLE

1 Les cours de physique-chimie ....

2 Fabriquer un porte-clés lumineux en techno.....

3 Économie...

4 Histoire-Géo ....

5 Français ....

6 EPS..

7 La flûte à bec.....................................

8 La philosophie ....

9 La cour de récréation ....

10 Le théorème de Pythagore.......................

À L'ÉCOLE DE LA VIE

MODE d'EMPLOI

Comment réussir ses partiels sans assister aux cours ?

Après la rentrée, rendez-vous à votre premier cours à la fac à la première heure. Attention : les étudiant.e.s de fac sont des chacals, il faut arriver tôt pour avoir une bonne place. Une fois parvenu.e dans les lieux, repérez une table dans un endroit stratégique de l'amphi où vous aurez une bonne visibilité panoramique. Asseyez-vous et munissez-vous d'une copie double à petits carreaux. Roulez-la de sorte à former une longue-vue à la lunette bien sphérique et commencez à scruter à l'horizon.

Concentrez-vous sur les élèves qui siègent au premier rang pour identifier celui ou celle qui possède *À la recherche du temps perdu* de Marcel Proust, des racines de cheveux grasses et la bosse de l'écrivain sur le majeur, légèrement tachée d'encre. Attendez la fin du cours et invitez cette personne à déjeuner au stand grillades du CROUS. Si elle semble gourmande, faites preuve de générosité et n'hésitez pas à lui offrir une portion de frites en plus – il faut avoir les moyens de vos ambitions dans la vie ! Au cours de la conversation, annoncez-lui dans un débit rapide que vous avez eu une enfance difficile et, pour susciter de l'empathie, avouez-lui que vous passez beaucoup de temps au chevet d'un de vos parents qui est atteint d'une maladie orpheline*, raison pour laquelle vous ne pourrez pas venir à tous les cours en amphi.

Entre ces deux confessions tragiques, glissez-lui que ça vous aiderait énormément si elle vous passait ses cours. Attendez quatre secondes sa réponse avec un œil mouillé, tendez la main et recopiez ses notes. Voilà, vous êtes prêt.e à valider vos partiels !

* UN PETIT CONSEIL UTILE

Imaginez un nom de syndrome avec énormément de consonnes et qui sonne allemand comme Prochtenstein, Käze Bretzel ou encore Bundesliga.

les 10 DATES de ma vie...

1986

Naissance de moi à Enghien-les-Bains. Accouchement de la daronne au calme.

1994

Admission en CE1 à l'école Jules-Ferry, à Montmorency dans le 95.

1995

Admission en désintox pour enfants après être tombée dans l'addiction à la colle Cléopâtre.

1996

Rupture avec mon premier petit copain après qu'il m'a avoué avoir une maîtresse. Celle de notre classe. Intolérable. Ce jour-là j'ai compris que les hommes étaient sans foi ni loi.

1998

Je remporte la Coupe du monde de football grâce à Zinédine Zidane. La mairie de Paris oublie de projeter mon visage sur l'Arc de triomphe.

1999

Génie incomprise, je suis recalée à l'entrée de la cinquième. Le portail était fermé, on était samedi matin.

2003

Premier coup dur, élimination de Georges-Alain de la Star Academy.

2011

Je fais mon premier rôle au cinéma dans *Mon père est femme de ménage* de Saphia Azzeddine.

2013

Je ne suis toujours pas harcelée sexuellement par un producteur, je finis par croire que je ne ferai jamais carrière sur grand écran.

2016

Je tente de regarder dans le rétroviseur de la vie, mais je réalise que je n'ai pas le permis. Je me crée donc un compte Uber.

... et de ma *future vie*

2020

Je remporte *Danse avec les stars* grâce à un twerk en finale.

2023

J'épouse le prince Harry après que Meghan Markle a décidé de le quitter pour Ed Sheeran.

2035

Je divorce de Harry : il m'a accusée d'être avec lui pour de mauvaises raisons.

2054

Ma carrière prend un tournant international, je suis engagée pour jouer le rôle de la ceinture de sécurité dans le blockbuster de l'année *Fast & Furious* 65.

2069

Je refuse d'être décorée de l'ordre des Arts et des Lettres pour faire le buzz, mais personne n'en parle. J'ai le seum.

2021

Je lance ma gamme de thé détox amincissant intitulée « Les jaloux vont maigrir » à base de jalousie. Ma célébrité est telle que je dois partir vivre en Angleterre.

2030

On ne circule toujours pas en voiture volante, trop nul, le futur.

2048

Je me venge en épousant son neveu, Archie. On me surnomme alors la Brigitte Macron du Royaume-Uni.

2067

Consécration : je suis invitée chez Michel Drucker pour la rétrospective de ma carrière.

2096

C'est la fin du monde. Tout le monde meurt. Nicolas Hulot avait raison, le con. Je regrette d'avoir mal trié mes déchets.

YAOURT, *tanga* & PÔLE EMPLOI

Quand j'ai commencé le métier de comédienne, je ne savais pas à quel point je devrais m'armer de patience devant mon téléphone et d'imagination pour remplir mon CV de multiples expériences artistiques falsifiées. Avec le temps, j'ai appris qu'une vraie comédienne, c'était avant tout une vraie chômeuse overbookée.

Pendant plusieurs années, j'ai enchaîné, aussi bien au théâtre que dans les films, les petits rôles hyper gratifiants comme ceux de serveuse n°1, blonde n°2, pouffe n°3... Ça n'était pas suffisant pour payer un loyer, si bien que je ne suis pas partie de chez ma mère avant mes 27 ans. J'étais donc Tanguy au féminin, un genre de tanga, tiraillée par les ficelles du métier qui divisaient ma vie en deux : d'un côté, la passion de la comédie, de l'autre, la réalité qui me poussait vers un choix de raison.

Je restais suspendue aux offres de casting sur Internet toute la journée et puis, un jour, j'ai entendu parler d'une réalisatrice qui rencontrait des jeunes comédiens à Pôle emploi. J'ai séché la fac pour forcer les portes d'un de ces essais même si je ne savais pas si c'était pour jouer dans un vrai film ou si, une fois arrivée devant, trois types m'attendraient pour me jeter dans le coffre d'une Punto et revendre mes organes un par un sur Le Bon Coin. Un déo en guise de lacrymo dans le sac à dos, je me suis armée d'une bonne dose de courage et de mensonges car je ne correspondais à aucun des critères recherchés. J'ai menti sur tout pour avoir le droit de passer une scène : mon âge, ma taille, mon poids, mon nom, mes expériences, bref, le mode chômeuse overbookée mythomane était enclenché. J'ai passé une scène et, un mois après, j'ai appris que le casting était pour un film de Saphia Azzeddine et que j'allais interpréter le rôle d'Alexandra, la fille de François Cluzet dans *Mon père est femme de ménage*. Alexandra est une jeune fille qui rêve de devenir prothésiste ongulaire et de conquérir l'Amérique et, étonnamment, j'ai obtenu ce rôle à un moment où je n'y croyais plus, persuadée que le cinéma c'était trop bien pour moi. Après le tournage, je me suis juré de ne jamais lâcher et je me suis accrochée à mon rêve comme un enfant diabétique à un paquet de Dragibus.

Un an après, j'ai joué le rôle de Sylvie Mathurin, une fan mythique de Claude François, dans le biopic réalisé par Florent-Emilio Siri. C'était un petit rôle mais une expérience de dingue de jouer avec Jérémie Renier qui est un super acteur et, de surcroît, loin d'être désagréable à regarder. Je découvrais aussi les avantages innombrables du métier, et notamment l'opulence des tables régies, sortes de buffets Flunch à volonté, avec des croissants, des biscuits et des boissons mis à la disposition de toute l'équipe artistique et technique. Une vraie passion !

Le soir de l'avant-première du film sur Claude François, assise dans la salle, je me suis rendu compte avec stupeur qu'une de mes scènes avait été supprimée au montage. J'ai fait passer mes larmes d'actrice égocentrique sur le compte de l'émotion provoquée par la beauté du film auprès du réalisateur. On m'a expliqué qu'ils avaient coupé pour des questions de longueur et que ça faisait plus propre ainsi — à ce moment-là, je n'étais plus très sûre de savoir si on parlait du film ou d'une circoncision.

En parallèle de ma vie de comédienne, je continuais à subtiliser des cours à une bonne âme de la Sorbonne pour valider mes partiels. Grâce à elle, je pouvais aller passer des essais le matin, bosser mes partiels l'aprèm, et arrondir mes fins de mois le soir en donnant des cours d'anglais à des enfants à droite et à gauche. Enfin, surtout à droite, parce que c'est là que les parents payent le mieux. J'ai rapidement mis fin à ma vocation d'enseignante le jour où un gosse de riche à qui je tentais d'apprendre les verbes irréguliers a essayé de me planter un compas entre les yeux. *Leave, left, left*, je me suis cassée.

Quand j'avais un peu de temps libre le soir, j'écrivais des histoires dans mon ordinateur en espérant que ça ne soit jamais lu par personne tant j'avais honte. C'est Fabrice Florent, un ami qui a fondé un magazine féministe sur Internet, un genre de Mark Zuckerberg, fan de Simone de Beauvoir, qui m'a convaincue de faire lire mon travail. Ensuite, il m'a proposé d'écrire plusieurs vidéos humoristiques pour son site ce qui, au fil du temps, m'a incitée à écrire de plus en plus. Grâce à cette activité, j'ai rencontré les membres du Studio Bagel, un collectif de vidéastes incroyables qui officient sur le web, entre autres. Pendant deux ans, j'ai fait beaucoup de sketchs et courts-métrages avec eux : c'était une bonne école pour apprendre l'écriture et le travail en équipe.

J'ai commencé à tourner régulièrement dans leurs vidéos, ce qui me laissait de moins en moins de temps à faire semblant de bosser mes cours chez moi. Mes tournages avaient remplacé mes longues journées de procrastination pendant lesquelles j'attendais que le téléphone sonne tout en googlant « Que sont devenus les candidats du Loft 1 ? »

Avec le Studio Bagel, on travaillait pour Canal+ et j'avais été choisie pour remplacer une comédienne sur une chronique pendant deux mois. Un soir que les producteurs du Grand Journal de Canal+ cherchaient une nouvelle Miss Météo, on m'a proposé de faire un essai et, finalement, je suis restée un an à cette place. Une année aussi difficile en termes de rythme que formatrice ; il fallait faire un sketch par jour devant des personnalités plus impressionnantes les unes que les autres à chaque fois. J'ai un très bon souvenir de cette époque et de la sensation exaltante du direct. Je n'oublierai jamais ma rencontre avec Madonna qui m'a laissé une marque de rouge à lèvres sur la joue, de Bill Gates avec qui on a bien ri, ou encore de Harvey Keitel, acteur américain mythique, qui avait failli se barrer juste avant mon passage et qui est miraculeusement resté après que je suis allée le supplier.

Par la suite, on m'a proposé de faire une chronique hebdomadaire dans l'émission de Nagui sur France Inter. Là-bas, j'ai découvert le service public et tous ses avantages comme le CDD de quatre minutes, le stylo de fonction et ma

"Viser la lune
ça me fait pas peur"

Amel Bent

passion pour les hommes poivre et sel. J'ai surtout découvert que la radio était pour moi un terrain de jeux fabuleux où je pouvais essayer plein de choses — au risque parfois de me tromper — sans trop en craindre les conséquences, à l'inverse de la télévision où ça se retrouve tout de suite sur Internet. Car, même si je ne suis pas Amel Bent, viser la lune ça me fait pas peur, mais je trouve quand même que c'est difficile de progresser quand tu n'as pas le droit à l'erreur. À la radio, j'ai eu l'occasion de faire des blagues devant des Prix Goncourt, des idoles comme Alain Chabat et même de faire chanter ma mère. J'écrivais un jour par semaine, passais à l'antenne le lendemain et le reste du temps je cherchais de l'inspiration, fascinée devant le Téléachat de Marie-Ange

Nardi et d'Alexandre Devoise. On dira ce qu'on voudra, mais ces deux-là sont plus forts que tous les scénaristes de *Game of Thrones* réunis. Tu regardes et, en moins de trois minutes, tu tournes en rond chez toi, le téléphone à la main dans un suspense insoutenable, à te demander pourquoi tu ne possèdes pas encore cette magnifique mandoline cinq lames et ce qu'il va se passer dans le prochain épisode avec la ceinture gainante d'électrostimulation !

J'adore leur capacité à créer une nécessité qui n'existe pas et à dialoguer autour d'un objet pendant autant de temps. Progressivement, j'ai commencé à avoir l'idée d'une parodie de Téléshopping avec des objets imaginaires et je me suis dit que ça m'amuserait bien de le faire à la télévision dans une émission que j'aime comme « Quotidien ».

Parfois, quand je repasse devant mon ancienne fac à Saint-Michel, je repense à cette fille à qui j'ai taxé tous ses cours. Si elle savait tout ce que je lui dois et comme je lui suis reconnaissante de m'avoir permis de courir les castings sans abandonner mes études, je pense qu'elle me demanderait un dédommagement de plusieurs millions. Elle l'ignore parce qu'elle n'a toujours pas fini Marcel Proust, mais elle m'a rendu un énorme service. Sans elle, je serais peut-être dans un centre psychiatrique à réciter mes verbes irréguliers avec un compas planté dans le front.

MORNING ROUTINE

de la chômeuse OVERBOOKÉE

PLEASE
DON'T

7.00 AM Je me réveille, mais je prends le temps de m'étirer doucement pour préparer mon corps à affronter cette journée qui s'offre à moi.

10.00 AM Je sors de mon lit et je file dans ma salle de bains pour essayer d'atténuer la marque de l'oreiller que j'ai en travers de la face. Douche à l'eau chaude relaxante, puis je me nettoie à l'aide d'un gel doux ; je termine par un petit jet d'eau froide et une bonne claque dans ma face pour me rappeler que le succès ne va pas me tomber tout cuit dans le bec comme ça.

10.30 AM Je me prépare un granola équilibré avec du fromage blanc 0 % pour faire le plein d'énergie. Pour me motiver, je n'hésite pas à l'agrémenter de quelque chose de gourmand ; j'ajoute donc les seules choses qui restent dans mon frigo, c'est-à-dire des échalotes et trois Apéricube, seuls survivants de la soirée de la veille.

11.00 AM Rassasiée, j'enfile un jean, un T-shirt et des baskets. Deux pressions de mon parfum préféré. Je suis enfin prête à accepter le rôle de ma vie. Rien ne peut plus m'arrêter.

11.10 AM Mon téléphone ne sonne toujours pas.

11.15 AM Je lis un proverbe sur la patience de Jean-Jacques Rousseau : « La patience est amère, mais son fruit est doux. » Je me dis que ça ferait un super tatouage.

11.20 AM La patience et ta mère ! Pourquoi mon téléphone ne sonne-t-il pas ? Pourquoi on ne m'appelle pas ? Que se passe-t-il ? Je ne suis pas assez bien pour ce monde, c'est ça ?

11.21 AM Je réalise que mon téléphone était en mode avion.

11.22 AM Toujours aucun appel.

11.23 AM Je mange deux Flanby pour conjurer le sort. Les artistes disent souvent qu'ils ont fait une traversée du dessert…

11.30 AM Je décide de refaire mon CV artistique tout en écoutant une playlist de motivation qui me transperce les tympans. Je dodeline du chef pour m'autopersuader que ça va aller.

12.00 AM Je relis mon CV et, surprise : on m'a beaucoup vue au cinéma cette année ! En effet, j'ai passé une tête à l'UGC Les Halles en février et même en avril au Gaumont Parnasse où j'ai marqué les esprits dans le rôle de la fille qui commande un grand pop-corn sucré ET salé, car je n'ai pas froid aux yeux.

12.15 AM J'envoie mon CV à tous les directeurs de casting de Paris.

12.20 AM Le téléphone sonne. J'attends deux sonneries pour pas qu'on croie que je suis rivée dessus. Mon cœur palpite.

12.23 AM C'était Bouygues qui veut me vendre sa box Internet.

12.30 AM Je suis éreintée. Je vais me recoucher.

LE JOUR OÙ...

J'AI PASSÉ MON PREMIER CASTING

C'était un essai pour une publicité vantant les mérites d'un yaourt. Je m'y étais préparée comme pour passer l'examen d'entrée à la Comédie-Française car la promotion de l'industrie laitière est un secteur qui recrute pas mal de comédiennes.

L'une des agences que je harcelais pour me représenter m'avait prise en pitié et avait décidé de m'y envoyer pour me tester. Je suis donc arrivée dans une pièce remplie de femmes avec des têtes de pub qui attendaient leur tour. C'était incroyable : elles n'étaient pas très maquillées, et pourtant leurs pores étaient invisibles et leur peau irradiait comme si c'étaient des espèces de divinités supérieures.

Pour ce casting, il fallait que je fasse semblant de manger sensuellement un yaourt bulgare à l'aide d'une cuillère préalablement léchée par trente-six autres candidates. Heureusement, les directeurs l'avaient gentiment essuyée à l'aide d'un Sopalin en prévision de mon passage. Au moment d'approcher la cuillère de mon visage, j'ai vu tous ces miasmes d'intermittentes me tendre les bras, et ma vie a soudain défilé devant mes yeux.

Je ne me rappelle pas ce qu'il s'est passé ensuite ; tout ce que je sais, c'est que j'ai rouvert les yeux chez moi sous la douche, alors que je me balançais lentement d'avant en arrière en gémissant : « Mais pourquoiiiii ? »

CONSEIL

Si vous voulez devenir
comédien.ne,
ne séchez surtout pas
le module
sur les produits laitiers
en cours de théâtre,
sinon vous allez
galérer.

mes astuces

DE COMÉDIENNE POUR SE SORTIR DE SITUATIONS DÉLICATES

» **Quand ta carte bleue ne passe pas chez Zara :** essaie de négocier en jouant **la tristesse**. Pour avoir l'air triste, mets-toi dans la peau de la comédienne qui a accepté de jouer dans la publicité contre les mycoses vaginales.

» **Quand tu croises ton ex dans la rue :** aie l'air épanouie en jouant **le bonheur** à l'état pur. Pour avoir l'air heureuse, rappelle-toi ce rasta blanc qui jouait du Tryo au ukulélé et que tu as pécho l'été dernier.

» **Quand ta sœur veut taper dans tes profiteroles alors qu'elle a refusé de commander un dessert :** décourage-la de demander une deuxième cuillère à la serveuse en mimant **le dégoût** lorsque tu manges ta première bouchée. Pour avoir l'air dégoûtée, convoque l'image mentale de tes parents en train de te concevoir. C'est très efficace !

» **Quand tu froutes au lit devant ta moitié :** détourne l'attention en interprétant **la peur**. Sursaute et fais-lui croire qu'il y a un cambrioleur dans l'appartement.

» **Quand tu arrives pour la quinzième fois en retard à un rendez-vous avec une amie :** ne lui laisse pas le temps de s'énerver sur toi et retourne la situation en jouant **la colère** contre les transports en commun. Tu peux par exemple citer le nom d'Anne Hidalgo en râlant, ça marche très bien.

FAQ

Je réponds à vos questions

travail

« J'ai une formation en ingénierie aéronautique, mais Pôle emploi m'envoie des annonces pour devenir cracheur de feu au Puy-du-Fou, que faire ? »

Hind, 33 ans.

Cela n'a effectivement rien à voir avec votre domaine, je vous propose donc de vous orienter vers la fauconnerie du Puy-du-Fou : ils font voler de magnifiques rapaces là-bas.

« Je ressens surtout du plaisir avec des personnes qui gagnent beaucoup d'argent. Cela signifie-t-il que je suis vénale ou clitoridienne ? »

Florence, 53 ans.

Tant que vous ressentez du plaisir, c'est déjà ça, Florence.

« Ma mère elle veu me forcé pour que j'allé a l'école alor que moi je veu deuneuvir influenceuse. »

Lina, 14 ans.

Lina, si j'étais ta mère je mettrais ton téléphone au congélateur jusqu'à ce que tu aies usé la couverture d'un Bescherelle avec tes mains, tu m'entends ?

« Est-ce que mettre une olive à une collègue, c'est considéré comme du harcèlement ? »

Bertrand, 43 ans.

Merci, Bertrand. Oui, l'olive est en effet une pratique courante dans les entreprises mais reconnue comme une agression sexuelle. Donc gardez vos olives pour l'apéro avec vos amis !

« Je suis livreur chez Colissimo depuis deux ans et je n'ai jamais livré un seul colis, c'est normal ? »

David, 47 ans.

Oui, David, c'est tout à fait normal. Chez Colissimo, vous ne livrez pas des colis : vous les faites disparaître, tels des magiciens des temps modernes. C'est plus qu'un service, c'est un art.

« Lors d'un entretien d'embauche, on m'a demandé si je comptais avoir des enfants dans les deux prochaines années. J'ai répondu que si je pouvais juste avoir un rapport sexuel dans les deux prochaines années, je serais déjà contente. À votre avis, ai-je réussi mon entretien ? »

Laurianne, 31 ans.

Vous avez fait preuve de franchise et de spontanéité, Laurianne, deux qualités qui se font rares dans les entreprises. Si j'étais eux, je vous embaucherais tout de suite.

« Ma famille me dit que je suis en plein burn-out car, selon eux, je serais devenue stressée et irritable. ALORS QUE JE SUIS PUTAIN DE CALME ! BORDEL, ILS NE PEUVENT PAS S'OCCUPER DE LEUR CUL AU LIEU DE M'EMMERDER ? »

Caroline, 29 ans.

Caroline, je peux tolérer beaucoup de choses, mais pas qu'on M'ÉCRIVE EN MAJUSCULES ! ALORS CALMEZ-VOUS ET ALLEZ DEMANDER CONSEIL À UN MÉDECIN AU PLUS VITE !

« Mes collègues n'arrêtent pas d'aller faire des pauses clopes, mais je suis non-fumeur et je n'ai aucun alibi pour faire des pauses. »

Joris, 34 ans.

Il s'agit d'une injustice qui perdure depuis trop longtemps dans le monde du travail. Afin de légitimer vos pauses en tant que non-fumeur, faites un pas vers eux et achetez-vous au moins des cigarettes en chocolat.

« FRANCHEMENT, QU'ILS COMMENCENT DÉJÀ PAR BALAYER DEVANT LEUR PORTE, AU LIEU DE ME GONFLER COMME DES PETITS CONS ARROGANTS ! »

Caroline, 29 ans.

CAROLINE ! QU'EST-CE QUE J'AI DIT ? CALMEZ-VOUS MAINTENANT, OU J'APPELLE LA POLICE !

« Je fais du B2B et, l'autre jour, en conf'call, j'ai dit à ma N+2 qu'il fallait updater les brainsto et débrief asap sur les feedbacks, mais elle m'a challengé sur la user exp ! »

Jean-Michel, 48 ans.

Vous m'avez épuisée, Jean-Michel.

Gardez vos olives pour l'apéro avec vos amis.

Playlist

10 CHANSONS

qui te feront oublier
que t'es moins payée qu'un homme

1 5 dollars
Christine and the Queens

2 Résiste
France Gall

3 Bitch Better Have My Money
Rihanna

4 La Thune
Angèle

5 Roc
Nâdiya

6 Je ne veux pas travailler
Pink Martini

7 Toutes les femmes de ta vie
L5

8 Être une femme
Anggun

9 I Don't Need a Man
Pussycat Dolls

10 La Dot
Aya Nakamura

la définition

Malofessance

Substantif féminin

Du latin malofessum

État ou sentiment d'une personne qui vient de découvrir
la différence entre son salaire net et le salaire brut
provoquant une douleur intense localisée
au niveau de l'arrière-train.

Exemple :
« Corinne, t'as reçu ta fiche de paie de janvier ?
J'ai la mienne, je suis dans une grande malofessance! »

2

MON ENTOURAGE & MES VRAIS AMIS,

pas ceux sur Facebook

CORDON TÉLÉPHONIQUE & CORDON *ombilical*

Avec ma mère, on s'appelle en moyenne trois fois par jour :

» une fois le matin pour se demander si ça va aller,
» une deuxième vers midi pour savoir si ça va,
» une troisième le soir pour savoir si ça a été.

C'est ce qu'on appelle *une relation fusionnelle toxique maîtrisée.*

Elle a le don de me faire toujours hurler de rire lorsqu'elle me raconte une anecdote qui lui est arrivée parce que, contrairement au commun des mortels, elle commence systématiquement son récit par la chute. Puis elle détaille le reste jusqu'à ce qu'elle ne sache plus de quoi elle parlait à l'origine. À chaque fois, on n'a rien d'important à se dire, mais j'adore lui parler ; si on avait vécu au Moyen Âge, on aurait eu une sacrée facture de pigeons voyageurs.

Ma mère vit à cent à l'heure et fait toujours trois choses en même temps. C'est pourquoi nous avons arrêté FaceTime d'un commun accord il y a un bout de temps : elle bougeait tellement avec le téléphone que je devais avaler une boîte de Mercalm après chaque appel pour m'en remettre. Quand je rentre la voir à la maison, elle me propose généralement d'admirer ses nouvelles plantes dans le jardin ou d'aller chez Truffaut. J'aime bien l'accompagner parce que j'ai l'impression que c'est son Disneyland à elle. Et vas-y que je te prenne un bégonia par-ci, que je te tchatche un vendeur au sujet des désherbants bio par-là... Et, s'il a un tablier et de la terre sur les mains, alors là elle tombe amoureuse systématiquement.

Mes meilleurs moments avec elle, ça reste nos soirées devant l'émission « Danse avec les stars », quand on est toutes les deux en jogging, coiffées comme des dessous de bras et avec un petit verre de rouge. À la pub, on refait les meilleures performances. Elle joue le rôle de Fauve Hautot, moi d'Emmanuel Moire, et mon chat celui de Chris Marques. Artistiquement, on s'en sort pas si mal, mais au niveau technique on a la souplesse de deux parpaings.

Elle bougeait
tellement avec le téléphone
que je devais avaler
une boîte
de Mercalm

Je dois dire qu'en tant qu'enfant célibataire, ça n'a pas toujours été simple d'élever ma mère toute seule. J'avais peur qu'elle file un mauvais coton, notamment lorsqu'elle rentrait tard de soirée sans prévenir, alors j'ai fait de mon mieux pour être à la fois affectueuse mais ferme avec elle. Elle a grandi si vite, je n'ai pas vu le temps passer. Je me souviens de toutes ses premières fois comme si c'était hier : sa première mammo, se première couronne dentaire, son premier divorce... Je n'oublierai jamais le jour où elle a décidé qu'elle ne voulait plus que je la dépose au bureau, ni que je lui dise au revoir devant ses collègues. Ça m'a fendu le cœur qu'elle souhaite couper le cordon si tôt, mais c'est important de savoir quand il est temps de les laisser prendre leur envol : on ne fait pas des mamans pour soi. Elle sait que je l'aime d'un amour inconditionnel et que je serai toujours là pour elle... sauf si elle a une question d'ordre informatique : là, je peux devenir verbalement agressive.

C'est grâce à ma grande sœur que j'ai développé une vie intérieure très riche. Avoir une grande sœur, c'est être éternellement la plus jeune et donc, pendant plusieurs années, vivre sa vie par procuration. En attendant qu'elle ait essuyé les plâtres de l'adolescence pour moi, je me souviens de nombreuses heures que je passais à essayer de m'incruster dans sa vie privée à tout prix. À la coller quand elle se confiait à ses amies, soulever l'autre combiné du téléphone pour l'écouter discuter avec son mec, essayer ses soutiens-gorge trop grands quand elle n'était pas là en priant le dieu des boobs de faire pousser les miens.

Un jour, on s'affrontait à la lutte gréco-romaine pour déterminer qui aurait la télécommande ; le suivant, elle me traînait à son piano pour que je l'accompagne au chant pendant qu'elle jouait du Chopin. Ensemble, on a réalisé plus de comédies musicales que Dove Attia et Kamel Ouali réunis. On aimait aussi organiser des shootings de mode à l'aide de nos appareils photos jetables, toutes les deux peinturlurées de fond de teint bien gras par-dessus notre acné juvénile et du gloss bleu plein les bagues. La surprise était totale lorsque nous développions ces photos au supermarché et que nous découvrions tous ces clichés de nos doigts devant l'objectif. Je me rappelle aussi qu'un de nos jeux récurrents consistait à mettre en place des plans d'attaque pour gâcher la vie de l'autre. Jeu qu'elle a remporté haut la main en mettant de la pâté pour chat dans la poche de mon manteau d'école ; j'ai senti le Whiskas une journée entière sans savoir pourquoi. Elle a été une très bonne adversaire de baston et de jeu pour moi, mais avec le temps elle est en quelque sorte devenue la Joséphine ange gardien de ma vie, capable de résoudre n'importe quel problème en un claquement de doigts.

Ces deux personnes avec lesquelles j'entretiens une relation amplement dysfonctionnelle font ma fierté aujourd'hui, et je les aime plus que tout. Je suis même intimement convaincue avoir été un rottweiler dans une de mes vies antérieures, tant je suis protectrice avec les miens. Et également parce que j'aime particulièrement qu'on me gratte sous le menton.

Aussi, je leur colle aux pattes depuis toujours, jusque sur les routes de mes racines irlandaises. Car, depuis que je suis en âge de ne pas être consultée, ma mère m'emmène au bled dans une ville qui se trouve pile au centre de l'Irlande, pour rendre visite à mes tantes, mes cousines et aux moutons. Grâce au lobbying familial qui m'a conduite à passer presque tous mes étés là-bas, j'ai gardé un attachement fort à mes origines et aux trois valeurs fondatrices du peuple admirable de cette contrée : l'amour, la bière et l'amour de la bière.

Quand on était petites, et afin de nous initier plus rapidement à la culture et la langue anglaise, ma mère nous avait inscrites ma sœur et moi dans un camp sportif intensif avec des Irish — « The sports camp » — que dirigeait ma tante Barbara. C'était un peu comme le Wall Street Institute, mais, au lieu de nous apprendre tranquillement la langue avec des livres, on nous a jeté un ballon dessus et on nous a coursées sous des trombes d'eau à six degrés pendant soixante longues minutes de football gaélique. Pour ceux qui sont curieux, sachez que si vous aimez le rugby, la pluie et les vols à l'arraché, vous aimerez le football gaélique. Au bout de quelques jours seulement, on avait les cuisseaux du XV de France et pour nous féliciter de nos efforts ma grand-mère Rita nous préparait son festin habituel : des saucisses sur des toasts beurrés avec des *beans* et du thé infusé depuis quarante-cinq minutes. Rien de tel qu'une bonne dose de théine avant d'aller se coucher !

Adolescente, j'ai continué à m'y rendre, été comme hiver, prenant le soin d'emmener avec moi mon baladeur CD pour m'occuper. Je me déhanchais alors sur des bottes de foin au beau milieu d'un champ, sur des airs de flûte irlandaise, en me prenant pour une chanteuse de Eire'n'b.

On ne fait pas des mamans pour soi.

CE QUE TE DIT TA MÈRE

1 « À taaaaaaaaaaaaaable ! »..

2 « Dis donc, c'est pas l'hôtel ici ! »....................................

3 « Tu as pris du poids. »..

4 « Si tu as besoin de parler, je suis là. » ....

5 « Il est timide, non, ton petit ami ? » ....

6 « Demande à ton père. »...

7 « Tu vas sortir comme ça ? » ....

8 « Tu m'appelles quand t'es arrivée ? » ....

9 « Quand est-ce que tu me fais des petits-enfants ? »...

10 « Tu feras ce que tu voudras quand tu seras chez toi ! »...

CE QU'ELLE PENSE VRAIMENT

.... « Descends tout de suite sinon je vais te faire bouffer la nappe. »

.... « Reste avec moi, je m'ennuie comme un rat mort. »

.... « Tu as pris du poids. »

.... « Mets des capotes. Je t'en supplie. »

.... « Regarde-moi bien, jamais celui-là il te fait des enfants, c'est compris ? »

.... « Je n'en ai aucune idée. »

.... « Moi aussi j'aimais bien m'habiller comme une tchoin le samedi soir. »

.... « Si tu ne m'appelles pas en arrivant, j'appelle les keufs illico. »

..... « Tu devrais faire congeler tes ovocytes. »

.... « Je ferai ce que je voudrai quand tu seras partie. »

1

2

3

4

5

6

7

8

9

10

MODE d'EMPLOI

Comment pratiquer l'auto-palpation ma mère ?

Le dépistage est essentiel dans le cadre de la prévention des risques de relation familiale toxique.

Si vous souffrez de maux de tête réguliers, que vous avez souvent une marque rouge sur le visage et que vous êtes prise d'une irrépressible envie d'appeler votre mère au moment de régler le thermostat du four pour savoir comment faire cuire une quiche, c'est que vous êtes peut-être trop fusionnelle avec celle-ci. L'autopalpation ma mère est un geste simple et efficace à pratiquer au quotidien et peut vous aider à déceler si vous souffrez avec votre mère d'une proximité excessive. Installez-vous confortablement dans une pièce à l'abri des regards qui dispose d'un miroir. Placez-vous face à la glace, puis enlevez votre T-shirt et votre soutien-gorge. Si vous entendez une voix qui vous dit : « Moi, à ton âge, ils étaient plus fermes », c'est que votre mère est juste derrière vous et ça, ce n'est pas normal. Contactez immédiatement votre médecin pour faire d'autres examens médicaux. Une relation fusionnelle peut être maîtrisée si elle est prise en charge rapidement.

LE JOUR OÙ...

J'AI FAIT UN BRAQUAGE AVEC MA SŒUR

Enfant, je pensais qu'il serait difficile d'apprivoiser ma sœur, mais elle et moi avons trouvé un terrain d'entente en une belle journée de juillet.

Ce jour-là, nous avons compris que ma mère planquait les bonbecs en hauteur parce qu'elle ne voulait pas qu'on mange trop de sucre.

Ce jour-là, nous avons saisi l'importance de nous associer contre le pouvoir établi pour obtenir l'objet de notre désir le plus fou… J'avais le vice en moi et elle avait la taille pour elle. Alors, on a décidé d'organiser le plus gros casse des United States of chez nous pour voler le butin sucré le mieux gardé de l'histoire des bonbons : une boîte de 750 grammes de Tirlibibi Haribo. Afin de faire diversion et éloigner ma mère du coffre-fort à becs, Kelly-Ann s'est positionnée à l'étage de la maison et a lancé un « Ça sent le brûlé, non ? » Ma mère s'est aussitôt dirigée vers la pièce en question : nous avions une fenêtre d'action d'exactement trois minutes pour réaliser l'impossible. À deux, nous étions plus fortes que les Ocean's Eleven réunis et plus insaisissables que les héros de *La Casa de papel* grâce à nos pyjamas motif camouflage à zip et à nos masques de Jacques Chirac et de Zorro sur la face. Personne ne pouvait nous arrêter. Elle m'a fait la plus belle et la plus savoureuse de toutes les courtes échelles de ma vie ; elle m'a portée si haut avec ses longs bras remplis d'adrénaline que j'ai pu attraper la boîte. Je l'ai ouverte puis elle a vidé son contenu dans un sac, et nous sommes parties nous mettre des bonbecs plein le bide. La police n'a rien pu faire.

MON PORTRAIT CHINOIS

PAR

MA MÈRE

SI ALISON ÉTAIT

UNE FLEUR

Une fleur de rond-point parce qu'elle aime être au centre.

UN ANIMAL

Une souris car elle adore le fromage.

UNE COULEUR

Blanc aspirine.

UN PLAT

La fondue savoyarde.

UN SPORT

200 mètres nage *Cuba Libre*.

UNE PIERRE PRÉCIEUSE

Pierre Gagnaire ou Pierre Lescure.

UN FILM

La Petite Sirène de Walt Disney. Elle n'a plus jamais voulu manger de surimi après avoir vu ce film, de peur d'avaler Polochon.

UN SURNOM

Sousou.

UNE PLANÈTE

La Lune parce qu'elle y est souvent.

UN SUPER POUVOIR

Laver la vaisselle avec l'esprit.

MON PORTRAIT CHINOIS

PAR

MA SŒUR

SI ALISON ÉTAIT

UNE FLEUR

Un pissenlit parce qu'elle a été propre très tard.

UN ANIMAL

Un ragondin d'eau.

UNE COULEUR

Vert-bleu.

UN PLAT

N'importe quoi avec du fromage fondu dessus.

UN SPORT

Ceinture noire de bitchage.

UNE PIERRE PRÉCIEUSE

Elle serait plutôt une perlouze.

UN FILM

Un film de John B. Root.

UN SURNOM

Boule de vanille, parce que c'est son dessert préféré et son surnom de twerkeuse.

UNE PLANÈTE

Vénus parce qu'elle adore la chanson du générique de la pub des rasoirs Gillette : « I am your Venus, I am your fire, at your desire ! »

UN SUPER POUVOIR

Communiquer avec les chats et comprendre ce qu'ils manigancent.

AMITIÉ, parmesan & BOULES DE POILS

Selon moi, il y a trois types d'amitiés :

- **La complicité :** c'est ce que tu partages avec les copains quand tu fais la fête.
- **L'amitié :** c'est ce que tu partages avec une personne sur qui tu peux compter.
- **Lâamitié :** c'est quand ta BFF et toi connaissez par cœur l'intégralité de la discographie de Lâam. Quand tu as ça, il faut le préserver car c'est très rare !

Aujourd'hui, je partage mon temps entre mes très bons amis d'enfance qui m'ont vu boire au biberon ou suer sur les bancs de l'école et mes amis de ma vie d'adulte, avec qui je fais semblant de discuter d'actualité et de m'y connaître en immobilier.

Je les vois un peu moins régulièrement, mais j'ai toujours beaucoup de plaisir à les retrouver. Cela étant, je fais la différence entre « amis » et « copains ». Par exemple, je sais pertinemment que si l'on vivait sur un campus universitaire avec mes copains, ils n'hésiteraient pas une seconde à m'utiliser comme bouclier humain lors d'une fusillade. Alors qu'une amie, une vraie, elle m'attraperait par les cheveux et me traînerait pour m'emmener jusque derrière une bagnole, choperait un AK-47 et riposterait pour nous défendre.

D'ailleurs, je me souviens avec précision d'un moment où j'ai cruellement manqué d'ami.e.s. C'était en cinquième ; alors que nous entamions notre trimestre par une partie de football classique vint le moment fatidique de composer les équipes. Je croyais qu'il n'y avait rien de plus traumatisant pour un enfant que les prêtres et les clowns, mais ça c'était avant de constituer les équipe de foot en cours d'EPS. Ce moment plein de suspense, où tout est possible et où tu sais que chaque fois que tu n'entendras pas ton prénom, ton estime de toi descendra d'un coup d'un seul. Ça peut te détruire un humain.

Adrien et Jordan étaient les capitaines et choisissaient tour à tour une personne pour rejoindre leur équipe. Évidemment, ils ont commencé par les plus sportifs, puis ceux qu'on a peur de bousculer parce qu'ils nous font la misère après à la cantine, et enfin les plus populaires, c'est-à-dire ceux qui ont un énorme garage pour organiser des boums… je n'entendais pas mon prénom.

Au fur et à mesure que ça continuait, je ne percevais plus les sons et mon corps commençait à être anesthésié par une forte odeur de défaite. Plus personne autour de moi. J'étais seule, raide comme un bâton. Je crois que j'ai claqué plusieurs fois des doigts façon Mimie Mathy pour essayer de disparaître, mais ça n'a pas marché. Généralement, la dernière personne à avoir été choisie finissait dans les cages à se faire canarder de ballons dans la face : c'était ma chance ou jamais de gagner l'estime de mon équipe et d'arrêter des buts. Je n'ai rien arrêté. En revanche, j'ai rencontré ma première amie à l'infirmerie, nous avions toutes les deux une stalactite de coton dans le nez, c'était merveilleux. Les vrai.e.s ami.e.s se reconnaissent bien dans l'adversité.

Je ne trouve pas cela essentiel d'avoir beaucoup d'ami.e.s, parce qu'un.e vrai.e ami.e c'est comme le parmesan : s'il est vraiment bon, on n'a pas besoin d'en avoir en quantité. Simplement, pour être sûr de ne pas se tromper sur la marchandise, il faut s'assurer au préalable que l'ami.e réponde à un cahier des charges extrêmement strict. D'abord, elle.il ne doit jamais mentir sur son origine, ensuite elle.il doit être affiné.e pendant douze à vingt-quatre mois, et enfin ses meules doivent mesurer de 35 à 45 centimètres de diamètre.

Bien sûr, on ne peut avoir la certitude qu'une amitié va durer toute la vie car il n'existe pas de garantie pour cela. C'est si difficile de savoir si les gens autour de soi sont les bons ! Ça serait tellement formidable qu'il existe un genre de Koh-Lanta de l'amitié, avec une épreuve des potos, afin de tester les ami.e.s les plus fiables, les plus motivé.e.s. Ou encore un label AOC pour reconnaître les bonnes personnes des mauvaises. En ce qui me concerne, j'essaie de faire confiance à mon instinct, en tout cas jusqu'à ce

VALEURS NUTRITIONNELLES MOYENNES pour 100g de Caroline G.	
Authenticité	**4,5 g**
Sincérité	**6,1 g**
Fiabilité	**0,2 g**
Langue de pute	**8,2 g**

que quelqu'un invente une application pour scanner mes ami.e.s et savoir si ce qui est dedans est bon pour moi.

De la même façon, on ne peut pas être sûr qu'avec le temps les ami.e.s ne changeront pas. Avec le temps, les amitiés aussi peuvent prendre un sacré coup de pelle. Et, parfois, les ruptures amicales sont inévitables. Ce sont d'après moi les plus douloureuses à surmonter parce qu'il n'existe pas d'ami.e pansement pour vous réconforter en attendant qu'elle.il revienne. J'ai déjà été larguée par une amie de longue date qui venait de se marier et qui trouvait que je prenais trop de place dans sa vie. Alors que, franchement, je ne venais dormir entre elle et son mari qu'une seule fois par semaine ; c'est quand même fort de café ! Je ne comprendrai jamais comment elle a pu le choisir lui, alors que moi je ne l'aurais jamais quittée pour une femme plus jeune.

À cause de cette histoire, j'ai eu le cœur brisé en mille morceaux pendant plusieurs années, à tel point que j'ai mis un bon moment à m'en remettre et je ne peux dire que récemment que ça va mieux. Néanmoins, je dois avouer que je trouve beaucoup plus compliqué de me faire des ami.e.s maintenant que j'ai grandi.

Avant, pour obtenir l'amitié d'un enfant, il me fallait au maximum un paquet d'images Panini et des bracelets d'amitié fluo gravés « friends forever ». Désormais, il me faut au moins un compte Instagram certifié et une piscine à débordement. C'est vraiment pas donné, les adultes !

Pour ce qui est du genre, je suis persuadée que l'amitié homme-femme existe bel et bien. C'est l'amitié avec les femmes des hommes qui est parfois plus complexe. Quand un ami me présente sa copine, j'ai l'impression qu'il faut que j'arrive les mains en l'air, tout doucement, comme dans les westerns, histoire de montrer que je ne suis pas armée et que je viens en paix. Je trouve ça très pesant car je ne laisse jamais de l'ambiguïté dans mes relations.

En effet, je n'ai commis qu'une seule fois l'erreur de tout mélanger : c'était en primaire quand j'ai couché avec mon ami imaginaire. Il s'appelait Patrick John, on était jeunes et cons. On riait pour un rien. C'était la première fois que je m'entendais si bien avec un garçon, je n'ai pas du tout compris comment les choses ont ainsi dérapé, mais lorsque j'ai dit à Patrick que je ne pouvais pas lui donner plus, il a mis un terme à notre amitié, sans jamais me recontacter. Ça m'a fait un mal de chien. Et, pour le coup, je me suis retrouvée vraiment seule dans la cour d'école. Forte de cette expérience traumatisante, je me suis promis de ne plus jamais laisser d'ambiguïté entre moi et mes amis hommes, qui n'ont absolument pas besoin de savoir que je suis un excellent coup.

Si aujourd'hui j'accorde une très grande valeur à l'amitié, c'est justement parce que j'ai beaucoup joué seule dans la cour de l'école primaire. Suffisamment longtemps pour développer mon imagination, mais pas assez

Je n'ai commis
qu'une seule fois l'erreur
de tout mélanger :
c'était en primaire
quand j'ai couché avec mon
ami imaginaire.

pour devenir *serial killeuse*. Ma meilleure amie s'appelle Jenny, nous sommes nées à six mois d'écart tant nos mères passaient leur vie ensemble. Elles se fréquentaient assidûment, toutes les deux ayant quitté leur Angleterre et Irlande respectives pour des Frenchies. Nous étions donc condamnées à passer nos week-ends ensemble. Comme un mariage d'amitié forcé en quelque sorte, mais que je ne regrette pas, car c'est de loin la camarade la plus fidèle et la plus marrante que j'aie jamais eue. Elle a le don de toujours me surprendre par son approche très personnelle de la langue française : lorsqu'elle la remixe involontairement et la rend encore plus belle, comme avec les mots « génicologue » et « méchancité », j'éprouve toujours pour elle un amour sincère.

À 5 ans, elle et moi on rêvait de devenir caissières et d'avoir le permis de conduire ; on avait vraiment des rêves raisonnables. On partageait la même passion pour les films de ninja*, les bonbecs et les samedis passés à poil dans mon jardin. Pour les milléennials qui me lisent, un jardin c'est comme un Instagram mais avec de vraies plantes vertes**. Essayez, vous verrez : c'est du tonnerre.

Aujourd'hui, comme toutes les meilleures amies, on rêve de marier ensemble les enfants qu'on n'a pas encore et de régner sur le pays en buvant des Cosmo tous les jours, toutes les deux reines d'une monarchie *Absolut*.

Je crois que notre plus gros fou rire reste celui qu'on a eu pendant nos vacances à Barcelone. En faisant un peu trop rapidement la réservation de notre hôtel, je n'avais pas fait attention à la mention « hôtel pour adultes »,

* *Ninja Kids* de Jon Turteltaub, sorti en 1992, qui donna lieu à notre plus grosse dispute avec Jenny qui s'est essayée aux arts martiaux sur mon entrejambe et a de ce fait failli me stériliser.

** Pour les enfants des milléennials, une plante c'est un végétal qui possède une racine, une tige, des feuilles. Avant, il y en avait plein dehors, c'était magnifique.

qui aurait, en temps normal, dû éveiller des soupçons chez moi – comme s'il existait des hôtels pour enfants. Je ne m'étais pas doutée une seule seconde que « hôtel pour adultes » signifiait en réalité « hôtel pour des personnes qui souhaitent avoir un maximum de rapports sexuels en un minimum de temps ». Avec Jenny, nous avons donc récupéré les clés de notre chambre auprès d'un maître d'hôtel excessivement chaleureux. Puis nous sommes montées avec la plus grande naïveté à notre étage, où nous avons été accueillies par une musique un brin trop sensuelle pour nous. Lorsque j'ai ouvert la porte de la chambre, j'ai vu du velours rouge et des miroirs sur tous les murs et le plafond. Elle m'a lancé un regard effaré auquel j'ai répondu n'y être pour rien, puis elle est entrée dans la chambre en prenant le soin de ne toucher aucun des meubles.

On faisait le tour de cette « chambre de la ken », les yeux ébahis devant le lit *king size* qui donnait directement sur une vitre géante de la salle de bains, un genre de vis-à-vis volontaire. Au moment de nous coucher, pour nous détendre un peu, j'ai allumé la télévision de façon complètement anodine ; nous sommes tombées sur un film porno. Les gémissements de la télévision se sont mêlés aux cris de Jenny qui hurlait pour que je trouve la télécommande, et je riais tellement que j'ai mis un certain temps à la retrouver, enfouie sous la couette. Avant ça, jamais de toute ma vie je ne m'étais endormie d'épuisement à force de rire autant.

Au-delà des êtres humains, j'ai toujours éprouvé une tendresse particulière pour les animaux. Enfant, j'en ai adopté plusieurs avec, à chaque fois, plus ou moins de succès. D'abord, il y a eu Amadeus, un chat angora croisé avec un lion, qui se prenait pour Dieu et qui me considérait clairement comme une espèce inférieure. Puis, il y a eu Jimmy-Bob, un hamster blond qui avait des dreadlocks, à tendance émo-dépressive, et qui n'a pas survécu au choc de l'annonce du divorce de mes parents. Par la suite deux poissons rouges : Jean-Fuque et Richard, qui ont vécu une relation belliqueuse digne d'une tragédie grecque, allant jusqu'à se ronger mutuellement les nageoires. C'était assez traumatisant.

En 2006, quand ma sœur est partie vivre à New York pour passer le barreau, je me suis sentie seule et abandonnée, alors j'ai fait ce que pas mal de personnes font lorsqu'elles sont déboussolées : j'ai noyé mon chagrin dans un chat. J'ai donc adopté Ben, un magnifique chat de gouttière noir sur lequel j'avais flashé parce qu'il ressemblait à une chauve-souris miniature avec des billes à la place des yeux. Je me souviens que lors de notre première rencontre il a marché vers moi pour uriner non loin de ma basket ; depuis, nous ne nous sommes jamais plus quittés.

Avec le temps, je me suis aperçue qu'il était en fait un poil misogyne. L'air de rien, il avait édicté les règles de notre relation : c'était moi qui allais lui faire à bouffer, il rentrait à l'heure qu'il voulait et il avait le droit de s'asseoir sur mon visage la nuit sans mon consentement. Ce qui ne m'a pas empêchée de tomber complètement amoureuse de lui.

Avec le temps,
je me suis aperçue
qu'il était en fait
un poil misogyne.

MES MEILLEURS AMIS *témoignent*

« Alison est ma meilleure amie depuis toujours, c'est quelqu'un de formidable. »

Jenny, 29 ans,
chef de projet.

« Elle m'a harcelé scolairement quand on était au collège. Pas un super bon souvenir. »

Bruno, 32 ans,
expert comptable.

« Elle a tous ses vaccins à jour. »

Sandrine,
médecin généraliste.

« Je l'ai friendzonée pendant huit ans au lycée, je savais pas qu'elle ferait de la télé plus tard, aujourd'hui je m'en veux. »

Mickael, 32 ans,
ancien beau gosse.

« Alison est une amie fidèle, toujours au rendez-vous et je serai toujours là pour elle. »

Roche Mazet,
Cabernet Sauvignon.

mes astuces

POUR RECONNAÎTRE UNE VRAIE AMIE

» Une vraie amie ne ferme pas la porte quand elle va aux toilettes chez vous, elle continue sa conversation très sérieusement assise sur le trône. Fière et digne, telle Beyoncé aux WC.

» Une vraie amie connaît votre date et votre heure de naissance à quatre secondes près. Sinon c'est une traître.

» Une vraie amie accepte que vous postiez une photo de vous deux sur Insta où elle ferme un peu les yeux, pourvu que vous soyez très fraîche.

» Lorsque vous lui demandez au milieu de la nuit : « Salut, tu es dispo pour cacher un corps ? », votre amie doit vous répondre : « On prend ta caisse ou la mienne ? »

» Elle est très créative lorsqu'il s'agit de critiquer la nouvelle copine de votre ex : « Elle s'habille chez Lidl, c'est pas possible », « Elle a le charisme d'un gobelet », ou encore : « Elle est trop parfaite, elle doit beaucoup péter. »

» **Les vraies amies viennent chez vous avec une bouteille de vin.** Même si c'est pour que vous la buviez seule.

» **Une dispute avec une vraie amie dure au maximum 16 minutes :** 1 minute de hurlements hystériques et 15 minutes de « Je suis désolée, je le pensais pas. »

» **À table, une vraie amie vous signale subtilement que vous avez de la salade entre les dents** grâce au code « Jardiland ».

» **Une vraie amie vous tient les cheveux quand vous êtes malade en soirée.** Ce qui ne l'empêche pas de tout filmer et de vous faire chanter ensuite avec la vidéo.

» **Une vraie amie sera là toujours pour toi, n'importe où quand tu voudras.** Elle sera toujours la même, un peu bohème, prête à faire des folies. Et même si la vie nous sépare, elle sera celle qui te redonnera l'espoir*.

* Cf. Lorie, *Ta meilleure amie.* Un classique.

confession intime

J'ai domestiqué un morpion

Comme tout le monde, j'ai toujours eu un a priori sur les morpions. Mais ça, c'était avant d'en rencontrer un pour de vrai. Je pensais que les morpions étaient des êtres dénués d'intérêt, sales et incapables d'exprimer leurs sentiments. Mais tout a basculé un mercredi après-midi de juillet : je conduisais sur l'A15 en direction de Cergy-Pontoise lorsque j'ai entendu des hurlements qui venaient de loin. Mon sang n'a fait qu'un tour, je savais qu'un animal était en danger. Alors je me suis arrêtée sur la première aire d'autoroute et les mormionnements* se sont faits de plus en plus forts. Il était là, complètement perdu et apeuré ; certainement abandonné par un maître négligent. Je lui ai d'abord tendu une gamelle d'eau, tant il semblait déshydraté. J'ai attendu cinq minutes qu'il s'habitue à ma présence, puis Erwan** a grimpé à l'avant de ma voiture lorsque j'ai ouvert la portière. Il m'a fallu deux jours pour lui trouver une famille qui pouvait lui donner de l'amour. Bonne route, Erwan !

* Cri des morpions.

** Il avait une tête de Breton, alors je l'ai baptisé Erwan.

LE SAVIEZ-VOUS ?

Le chien aboie, le morpion mormionne. C'est comme ça.

FAQ

Je réponds à vos questions

famille amis animaux

« C'est quoi la différence entre un ami Facebook et un ami normal ? »

Henri, 14 ans.

Un ami Facebook, il te like, alors qu'un ami normal il t'aime.

« Ma mère me tient encore la main quand nous traversons la rue, c'est normal ? »

Anne, 43 ans.

Oui, c'est normal : les mères ont parfois du mal à voir grandir leurs enfants, et cela vous arrivera probablement avec les vôtres. Il n'y a aucune inquiétude à avoir, sauf si elle se met à vouloir vous donner le sein ou vous faire prendre le bain, là, il y a un vrai problème.

« Je vois des gens qui sont morts. »

Anonyme.

Je comprends, c'est un don très contraignant pour votre vie sociale. Pourriez-vous en profiter pour vérifier si Tupac et Elvis sont parmi eux ?

« Je préfère les animaux aux êtres humains. »

Priscillia, 22 ans.

Comme je vous comprends, Priscillia ! Les animaux sont beaucoup plus fiables et gentils que les humains. Eux ne vous abandonneront jamais sur le bord d'une autoroute en plein mois de juillet.

« Je crois que mon père a une aventure avec ma mère. Je trouve que c'est un manque de respect pour sa maîtresse. »

Ferdinand, 32 ans.

Certaines personnes ne doutent de rien. Vraiment, les parents, ce n'est plus ce que c'était. Je suis désolée, Ferdinand.

« Mon meilleur ami n'a jamais essayé de coucher avec moi, même quand il était au plus bas, je le dégoûte ou quoi ? »

Pauline, 26 ans.

Non, vous ne le dégoûtez pas. Simplement, il vous connaît et vous êtes dans sa vie depuis si longtemps que vous faites partie des meubles. En tant qu'objet inanimé, vous êtes asexuée à ses yeux.

« Mon frère vote Mélenchon comment lui pardonner ? »
Sandra, 39 ans.
Ce genre de secret est très lourd à porter au quotidien, Sandra. Seul le temps pourra cicatriser votre douleur.

« Ma meilleure amie me trompe avec une amie de boulot qu'elle connaît depuis à peine deux ans, que faire ? »
Farah, 37 ans.
L'essentiel, Farah, c'est de ne pas vous comparer. Ne vous demandez surtout pas pourquoi elle va chercher ailleurs ce que vous-même pouvez lui apporter. Essayez plutôt de la reconquérir avec une proposition alléchante de type : soirée sushis et mojito devant un film avec Channing Tatum.

« Je ne suis pas raciste, j'ai un ami noir. »
Nadine, 55 ans.
Oui, oui, Nadine. Merci.

"C'est quoi la différence entre un ami Facebook et un ami normal ?"

Henri, 14 ans

Playlist

10 FILMS

à voir seul.e le soir de son anniv'

1 Seul au monde
Robert Zemeckis

2 E.T.
Steven Spielberg

3 La sextape de Valbuena
Valbuena

4 40 ans, toujours puceau
Judd Apatow

5 Titanic
James Cameron

6 Il faut sauver le soldat Ryan
Steven Spielberg

7 Les Yeux dans les Bleus
Stéphane Meunier

8 Douze hommes en colère
Sidney Lumet

9 Moi, Daniel Blake
Ken Loach

10 Les Petits Mouchoirs
Guillaume Canet

la définition

Leetcheur

Substantif masculin, familier

Féminin « leetcheuse »

Terme péjoratif. Se dit d'une personne que vous n'avez pas vue depuis la 6e B qui vous invite à son anniversaire juste pour que vous participiez à sa cagnotte Leetchi.

Exemple :
« Marie Benouin, c'est bien celle
qui m'enfonçait la tête dans les toilettes à la récré ?
Bah, elle m'invite à son anniv',
cette grosse leetcheuse ! »

3

MON BIEN-ÊTRE et mon mal-être

TORROT
GYMNAS
PEDALEO-VIBRADO

RÉGIMES, FRIGO & *lexo*

Bienvenue, vous voilà enfin arrivé.e dans la partie bifidus actif de mon livre. Ici, vous allez pouvoir découvrir tous mes secrets pour avoir un esprit malsain dans un corps sain. Je vous prie de laisser vos chaussures à l'entrée, car à partir de maintenant on se détend. Sauf si vous portez des ballerines sans chaussettes : là, vous êtes priée de garder vos pompes aux pieds, merci.

Si aujourd'hui j'essaie de manger le plus équilibré possible, plus jeune, je mangeais n'importe quoi n'importe quand, c'était mon sport favori. Mon plat signature consistait en des tartines de brioche recouvertes de mayonnaise pour le goûter ; je les mettais au micro-ondes, puis en guise de dessert je me faisais des sandwichs de napolitain au beurre — ah, on me dit dans l'oreillette que Philippe Etchebest est en route pour me casser la gueule.

Avant ma puberté, je n'étais pas du tout intéressée par mon apparence — ce qui n'était pas plus mal. Puis est arrivé le jour où Dame Nature m'a offert le super pouvoir de saigner tous les mois et celui, en bonus track, de stocker du gras un peu partout dans mon corps au cas où je ne saurais pas où le trouver.

HEINZ
MAYONNAISE

Comme une grande majorité des jeunes femmes à l'adolescence, j'ai eu envie de m'approprier mon corps. Alors, j'ai cherché des secrets de remise en forme dans les magazines féminins de mon époque. Vouloir se sentir belle en lisant un magazine féminin, c'est un peu comme essayer de concevoir un enfant en écoutant un podcast sur l'Apocalypse : c'est tout bonnement impossible !

À cette époque, j'avais tellement intégré, à tort, que la forme était liée à la minceur que j'avais commencé à expérimenter toutes sortes de régimes et à m'infliger une multitude de privations absurdes.

Le régime sans sel qui, comme son nom l'indique, consiste à enlever totalement le sel de son alimentation.

L'avantage, c'est que j'ai retrouvé le vrai goût des aliments.

L'inconvénient, c'est que j'ai perdu goût à la vie.

Le régime Dukan hyper protéiné, que j'ai trouvé extrêmement dangereux non pas seulement parce qu'il est draconien et que vous avez tout le temps la dalle, mais parce qu'il vous donne une haleine de personne âgée au Boursin, capable de décimer des populations au moins sur plusieurs kilomètres.

Le régime sans membre, qui consiste à ne peser qu'une partie de son corps — la jambe gauche par exemple —, s'est montré très peu concluant.

Le régime communiste, très peu fun au quotidien.

Le régime Régine, qui était plutôt agréable : pendant une semaine je dormais le jour et je dansais la nuit. C'est le seul qui m'a donné un peu de résultats : grâce à lui, j'ai perdu un kilo et trois points de permis.

J'ai arrêté les régimes le jour où j'ai compris que je ne pouvais pas être en forme en harcelant mon corps de la sorte. À la place, j'ai commencé à me faire du bien en mangeant des aliments bons pour moi ; par exemple, en ayant

Le régime Régine

Grâce à lui j'ai perdu un kilo et trois points de permis.

une alimentation riche en antioxydants. On en trouve surtout dans les noix, les framboises ou les artichauts et aussi dans plein d'autres légumes. Les antioxydants sont très importants pour notre santé car ils nous protègent des maladies chroniques dégénératives et préviennent le vieillissement. À ne pas confondre avec les anti-Occident qui sont moins bons pour l'organisme puisqu'ils ne nous protègent de rien et ils veulent tout simplement notre mort.

CE QUE JE DIS

« Ce soir je mange léger. »

« Je vais lire un peu pour une fois. »

« Samedi, je me couche tôt. »

« J'achète toujours des légumes de saison. »

« Tu devrais essayer le CrossFit.
C'est trop bien le CrossFit.
Tu devrais faire du CrossFit ! »

« Honnêtement, deux semaines sans sport
je le sens. »

« Les réseaux sociaux,
c'est vraiment juste pour le travail. »

« Je prends des cours de yoga
deux heures par semaine. »

« J'adore le sport. »

« L'essentiel c'est d'avoir une alimentation
É-QUI-LI-BRÉE ! »

1
2
3
4
5
6
7
8
9
10

CE QUE JE PENSE VRAIMENT

.... « Au pire, je taperai dans l'assiette de mon mec. » 1

.... « Histoire de terminer le livre
qui est sur ma table de nuit depuis l'hiver 1997. » 2

.... « ... tôt le matin. »

.... « Franchement, y a plus de saisons. 3
Et puis, dans deux cents ans on sera tous morts,
alors on va pas s'empêcher de manger des avocats. » 4

.... « Est-ce que tu as bien compris
que j'avais fait du CrossFit ? ! » 5

.... « C'étaient les deux plus
belles semaines de ma vie. » 6

.... « Et aussi pour 7
mater des photos de gens de téléréalité que je ne
connais ni d'Ève ni d'Adam. » 8

.... « J'fais semblant de fermer les yeux
et je mate le prof qui est vraiment très hot. » 9

.... « ... à la télé. »

... « J'ai un compte premium sur Deliveroo. » 10

mes astuces

POUR AVOIR UN VENTRE PLAT

Avoir un ventre plat et tout en fermeté,c'est notre rêve à toutes. Après des années de recherche dans ce domaine, j'ai trouvé la seule méthode sans risque pour votre santé mentale et physique.

Pour cela, rien de plus simple :

» **Munissez-vous d'une planche en bois,** d'un pain tranché multigrains ou pain aux céréales (riche en fibres et très bon pour la digestion).

» **Déballez un comté vingt-quatre mois d'affinage** et déposez-le sur la planche en bois. Faites de même avec un gouda vieux, un picodon, un brie truffé, un morceau de reblochon, et un saint-marcellin.

» Lorsque c'est fait, **découpez une tranche de chaque fromage** et disposez-les sur le pain.

» **Croquez dans votre tartine** et, une fois que vous avez la bouche pleine, munissez-vous d'un ordinateur et d'un verre de rouge.

» **Démarrez l'ordinateur** en même temps que vous prenez une gorgée de ce vin délicieux puis lancez le téléchargement de Photoshop sur votre ordinateur.

» **Téléchargez une photo de vous** et commencez à la modifier à votre guise.

MON PETIT TRUC À MOI

Vous pouvez ajouter de la confiture de figues dessus ou les arachides de votre choix, ne soyez pas timide.

ASTRO FRIGO

DIS-MOI CE QU'IL Y A DANS TON FRIGO, JE TE DIRAI QUI TU ES ...

Il n'y a pas que dans les étoiles que l'on peut découvrir son avenir. En effet, ce que vous achetez ou ce que vous gardez dans votre frigidaire en dit long sur vous. Grâce à l'astro-frigo, découvrez votre signe et ses caractéristiques en ouvrant votre boîte de Pandore réfrigérée.

HEINZ
MAYONNAISE
American Style
HEINZ
HEINZ
YELLOW

UN PLAT PICARD 1 PERSONNE

(du 21 mars au 20 avril)

Vous êtes célibataire et fière de l'être. Depuis que vous menez cette relation passionnelle avec vous-même, vous ne vous disputez plus pour savoir qui cuisine et ça, ça vous fait un bien fou !

UN YAOURT PÉRIMÉ

(du 21 avril au 20 mai)

Vous êtes une instinctive. Vous laissez vos tripes vous guider, vivez dangereusement et pouvez manger vos aliments une à deux semaines après la date de péremption. Aussi, vous n'avez pas peur d'assumer que vous avez été élevée dans le respect des anciens, c'est pour cela que vous ne jetez jamais vos yaourts périmés.

UN CABÉCOU

(du 21 mai au 21 juin)

Vous êtes complètement chèvre. Les cabécous natifs du premier décan ont une forte personnalité et ne se laissent pas faire. Ils ont beaucoup de mal à s'entendre avec les Babybel qui sont des gens immatures qui se cachent souvent derrière une carapace rouge.

UN SACHET DE BABYBEL

(du 22 juin au 22 juillet)

Vous êtes immature. Vous achetez ce fromage par habitude parce qu'il vous rappelle votre enfance alors que vous savez pertinemment qu'il n' a pas de goût. À table, vous ne pouvez pas vous empêcher d'en prendre un juste pour vous fabriquer un nez rouge avec la cire, ce qui exaspère votre coloc.

UNE POMME DE TERRE QUI A MUTÉ

(du 23 juillet au 22 août)

Vous êtes mélancolique. Vous avez acheté cette pomme de terre il y a deux mois, pour faire une salade à votre copine qui a annulé votre dîner au dernier moment. Solitaire, votre spleen prend racine dans votre vie comme cette patate dans votre bac à légumes.

UN VACCIN

(du 23 août au 22 septembre)

Vous êtes hypocondriaque. Vous avez tellement peur des maladies que vous vaccinez tous vos amis dès qu'ils franchissent le seuil de votre porte. Votre défaut : vous êtes psychorigide. Votre qualité : vous avez une bonne mutuelle.

UNE PÂTE BRISÉE PAR LA VIE

(du 23 septembre au 22 octobre)

Vous êtes une bonne pâte, et parfois vos amis en abusent un peu trop. Vous avez aidé à tous les déménagements de vos potes, mais lors du vôtre ils vous ont tous fait faux bon. Faites attention à ne pas être trop altruiste, la vie c'est pas de la tarte.

UN SODA

(du 23 octobre au 22 novembre)

Vous êtes une rêveuse. Vous avez des idées qui pétillent et des grands projets plein la tête, et vous savez roter sur commande... mais ça n'est pas un métier. Attention à bien veiller à concrétiser vos souhaits ! Votre qualité : vous êtes pugnace. Votre défaut : vous ne savez pas ce que pugnace signifie.

DU KETCHUP

(du 23 novembre au 21 décembre)

Vous trouvez que la vie a peu de saveur si elle n'est pas assaisonnée. Vous êtes très entourée, amusez la galerie et ne sortez jamais en soirée sans vos sauces. En mars, avec la conjonction d'Uranus et Jupiter, surveillez votre cholestérol, il se peut que vous ne passiez pas l'été.

UNE FIOLE

avec la véritable semence d'Idris Elba achetée sur Le Bon Coin

(du 22 décembre au 20 janvier)

Vous êtes bizarre, mais ne perdez pas espoir. Votre originalité fait votre force, et seul Dieu peut vous juger. Et peut-être aussi quelques potes qui ouvriront votre frigo.

UNE SALADE DE SAISON BIO GARANTIE SANS OGM

garanti issu de l'agriculture durable, responsable et un-autre-mot-en-able

(du 21 janvier au 18 février)

Vous êtes Greta Thunberg, la militante écologiste de 16 ans. Vous êtes un exemple de responsabilité et vos proches vous envient. Pendant que d'autres font des vidéos sur Snapchat, vous occupez vos journées à essayer de sauver la planète. Rien que ça.

DES ÉCHALOTES

(du 19 février au 20 mars)

Vous avez mauvaise haleine mais une chose est sûre, vous croquez la vie à pleines dents. Votre point fort est la détermination. Conseil : veillez bien tout de même au coucher à vous brosser la langue avec la brosse à dents, on n'y pense pas assez, mais c'est important.

Endorphines, SPORT & théorie du complot

Le sport ça me rappelle de bons souvenirs du collège et la belle époque des cours d'EPS. C'était mon moment préféré de la semaine, celui où je pouvais tester mes *vibes* d'Ophélie Winter sur l'acoustique d'un gymnase, où j'avais le droit d'envoyer un ballon de basket « sans faire exprès » dans le visage de Charlotte qui n'avait pas voulu me prêter de copie double la veille ou encore de tirer sur le jogging mal attaché de mon pote qui montait à la corde. Ça me rappelle aussi quand les profs m'obligeaient quand même à venir en cours d'athlétisme, à l'époque délicate de mes premiers tampons. L'inconfort était tel que je ne savais pas bien s'il allait rester en place, ou s'il pouvait s'éjecter de là à tout moment, du coup je courais avec autant d'aisance que si j'avais des Boyards entre les jambes, ce qui m'a valu le surnom de « Passe-Partout » pendant un an.

Quand j'étais plus jeune, ma mère, qui a été athlète dans son passé, adorait m'emmener admirer les coureurs qui faisaient le marathon de Paris. Vraiment, j'avais du mal à comprendre l'intérêt de regarder des gens que je ne connaissais pas suer et saigner des tétons. Ce n'est qu'à 21 ans que j'ai réellement découvert les vertus salvatrices de la course à pied, quand je me suis séparée de mon amoureux de l'époque. J'avais mal au cœur comme si un cracheur de feu habitait dedans et je portais le même joggingama* H24. D'ailleurs, il avait pris la forme exacte de mon corps à force d'être porté, un peu comme un plâtre. J'avais décidé de ne porter que lui en attendant d'aller mieux. Je dormais le jour, regardais des séries la nuit, et c'était tout juste si je ne tapais pas la bise au frigo avant d'ouvrir la porte et me servir, comme un habitué avec le vigile de son bar fétiche.

* Un joggingama est un jogging qui fait également pyjama. Il vous exempte de prendre une douche le matin et le soir.

Et puis, un jour, ma mère m'a prise entre quatre yeux : elle en avait marre de vivre avec une neurasthénique et elle m'a fortement conseillé de sortir courir. « La course à pied, c'est un antidépresseur naturel », a-t-elle précisé. Pour lui faire plaisir, j'ai enfilé mes plus belles baskets, je suis sortie sans conviction et j'ai fait une Forrest Gump : j'ai couru longtemps, sans m'arrêter. Sans regarder où j'allais, je courais à un bon rythme et, progressivement, la déprime et la douleur de l'effort ont laissé place à une énorme sensation de bien-être et d'extase.

J'ai appris par la suite que ce phénomène se produit grâce aux molécules d'endorphine libérées par le cerveau pendant l'effort, et même plusieurs heures après. Cette hormone naturelle est sécrétée par l'hypothalamus et l'hypophyse – pour ceux qui ont séché les cours de biologie en troisième, l'hypothalamus et l'hypophyse sont des zones qui se situent juste derrière l'Hippopotamus de Cergy —, et agit comme une drogue naturelle : elle permet de se sentir aussi léger et euphorique qu'un candidat de téléréalité.

On ne me la fait pas à moi !

Depuis que je vis à Paris, j'ai constaté que les arbres et les parcs avaient progressivement déserté la ville pour laisser la place au béton et aux salles de sport. Mais qui ferait une chose pareille ? Qui aime faire son sport sur le béton et dans la pollution ? C'est dégoûtant, autant lécher la barre de métro directement. Plus j'y pense et plus je suis persuadée qu'il y a un lobby du sport qui est responsable de la dévégétalisation des grandes villes. Pour moi, ça ne fait aucun doute : une société secrète se réunit tous les ans lors du Sommet de la sudation pour nous forcer à céder aux sirènes diaboliques de la salle et des prot'. Je ne vois pas d'autre explication à l'apparition de plusieurs phénomènes absurdes. Par exemple, les gens qui se mettent à engager des coachs sportifs de leur plein gré. Le coaching, cette pratique sadique qui consiste à harceler psychologiquement une personne pendant une heure contre rémunération. Les dernières tendances qui ont fait frétiller le monde du sport m'ont aussi mis la puce à l'oreille —on ne me la fait pas à moi ! — car j'ai bien remarqué que chaque année ils nous recyclent les mêmes sports avec un autre nom.

Je vais ici vous dévoiler des faits très choquants et qui vont bouleverser à jamais votre conception du monde. Suite à ces révélations, votre vie ne sera plus jamais la même car vous vous apprêtez à enfin ouvrir les yeux sur la réalité de notre monde sportif.

En 2015, la gym suédoise est arrivée et a converti des milliers d'hommes et de femmes qui n'ont rien vu de la supercherie. J'ai fait deux cours de gym suédoise et je peux vous assurer que ça n'a rien de différent d'un cours de gymnastique traditionnelle, si ce n'est qu'elle est enseignée par un type qui a un nom de penderie IKEA. Mais ça n'est pas tout ! En 2017, c'est l'avènement de la zumba qui mobilise les foules suantes. Sauf qu'une étude scientifique des plus sérieuses et détaillées réalisée par moi-même prouve que la zumba n'est autre que du fitness sur de la musique latine ! L'aquabike également, grosse tendance en 2004, qui a lieu dans des piscines ou dans des cabines solo : ce n'est tout bonnement qu'une version très ennuyeuse du Pédalo. J'ai également testé le fameux CrossFit, qui reprend de façon très peu subtile le concept des Déménageurs bretons, puisqu'il demande à des gens de porter des objets très lourds mais pour les déposer deux mètres plus loin. Et, enfin, le plus populaire de tous : le yoga ! Cette discipline n'est autre qu'une gymnastique inspirée de nos plus belles contorsions pour passer l'aspirateur sous le canapé. Le pire, c'est qu'elle se décline à gogo au gré des envies, avec le hatha yoga (yoga traditionnel), le yoga bikram (un yoga pratiqué sous 40 °C) et, mon préféré, l'Instagram Yoga, à base de grands écarts, de phrases philosophiques et de likes.

MODE d'EMPLOI

Comment savoir si l'homme qui vous court après en forêt avec un couteau est un *serial killer* ?

Lorsque vous courez seule tard le soir, vous pouvez vous sentir vulnérable et avoir tendance à être méfiante… Mais, comme le dirait un grand philosophe des années 2000, « Ne vous fiez pas aux apparences*. » Certes, vous pourriez croire de prime abord que cet homme qui court derrière vous avec un couteau à la main en hurlant « Je vais te découper » représente une menace pour votre vie. Effectivement, c'est probable. Mais pas certain à 100 %. Alors, ne cédez pas à la facilité d'un jugement trop hâtif. Il y a des chances pour que cet individu armé soit un *serial killer*. Pourtant, vous êtes-vous demandé une seconde si cet homme n'était pas simplement le gérant d'une boucherie dont la volaille se serait enfuie et vous ressemblerait beaucoup ? Pour en avoir le cœur net, posez-lui quelques questions tout en adaptant votre foulée afin d'en savoir plus sur sa personnalité. Les *serial killers* sont des personnes très égoïstes : demandez-lui par exemple s'il est d'accord pour vous prêter son couteau afin que vous puissiez vous défendre contre lui. S'il refuse, c'est qu'il est égoïste, donc c'est un *serial killer* : courez.

* Benjamin Castaldi, *Secret Story*

CONTINUER À VIVRE TOUT EN FAISANT DU YOGA, *c'est possible !*

1 FAIRE SÉCHER SON LINGE GRÂCE À LA POSITION DU TANCARVILLE

Sortez le linge encore humide de votre machine à laver, prenez la position du tancarville puis disposez les différents vêtements sur chacune de vos jambes. Restez ainsi jusqu'à ce que ça soit sec.

2 DÎNER TOUT EN FAISANT LA POSITION DU CHIEN TÊTE DANS LA GAMELLE

Préparez un bon pot-au-feu, posez l'assiette au sol, prenez la position du chien qui a la tête dans la gamelle et dégustez votre plat à même l'assiette.

4 BOSSER TARD EN OPEN SPACE GRÂCE À LA POSITION DU BUREAU

Au travail, profitez d'une réunion importante pour prendre la position du bureau et proposez à vos collègues de poser leurs ordinateurs et leurs dossiers sur votre dos. Ainsi, vous ne perdrez pas une miette de la réunion tout en restant gainée.

3 REGARDER UNE SÉRIE GRÂCE À LA POSITION DU NETFLIX AND CHILL

Prenez votre iPad, connectez-vous à votre compte et choisissez votre série favorite. Mettez-vous en position du Netflix and chill, en veillant bien à placer votre iPad entre vos jambes, juste en face de votre tête, et profitez d'un agréable moment cinématographique.

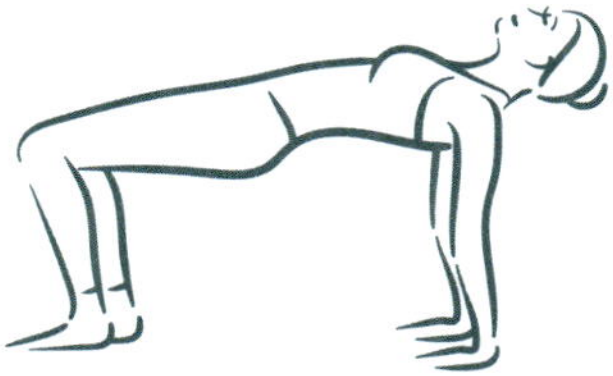

5 PASSER PAR-DESSUS LE TOURNIQUET DU MÉTRO GRÂCE AU PETITPONTFRAUDEUR

À l'approche des portillons, descendez en pont comme lors de vos cours de GRS en cinquième, en prenant soin de ne pas mettre les mains sur des tessons de bouteille, et profitez ensuite de la gratuité des transports en toute fermeté.

La drogue, les forêts & moi

Je me suis toujours promis que je ne toucherais jamais à la drogue et pourtant je suis tombée dans la pire des addictions. Encore plus forte que la coke. Au début, j'ai liké une photo d'une pote « juste pour goûter », pour faire comme tout le monde. Puis, petit à petit, je me suis dit : « Allez, je ne like que pour les grandes occasions. » Je n'ai rien vu venir jusqu'au jour où mon mec m'a retrouvée inconsciente dans mon salon, le visage paralysé en duckface avec un filtre chien sur la gueule. Saloperie d'Instagram!

Des fois encore, je me retrouve, sans trop savoir pourquoi, le téléphone greffé à la main dès le réveil. Mon smartphone se transforme alors en pistolet prêt à tirer une balle dans le pied de ma journée tandis que je m'apprête à contempler les bonheurs et la beauté fabriqués de la vie des autres mis en scène à coups de #lovemylife par-ci, de #wokeuplikethis par-là. Mais dans quelle mesure est-ce que ça pourrait me faire du bien de voir que des amis sont en train de boire un mojito au bord d'une piscine au Mexique quand je suis moi-même au saut du lit, le visage couleur blanc suppositoire, en train de baver devant mon téléphone comme une femme enceinte au Salon des vignerons ? Quelle est cette force masochiste qui me pousse à aller voir si la vie de cette instagrameuse est toujours aussi cool ? Pourquoi est-ce que j'aime bien cette photo d'elle faussement hilare sur un rooftop et entièrement retouchée, est-ce parce qu'elle se donne un mal de chien pour me dire « Regardez comme ma vie est mieux que la vôtre » ? Le pire, c'est que, même si j'ai pleinement conscience qu'il ne s'agit pas de la réalité, mon cerveau enregistre ces images comme référence pour mesurer mon bonheur.

Si ça se trouve, dans plusieurs dizaines d'années on aura fini par statuer sur les conséquences néfastes qu'a ce genre d'images sur notre santé mentale. À l'instar des paquets de cigarettes, peut-être que les téléphones seront vendus avec les messages d'avertissement suivants : « Les instagrameurs meurent prématurément », « Instagramer votre couple avec des proverbes en anglais nuit à votre vie sexuelle » ou encore : « Les selfie sticks bouchent les artères et vous donnent l'air con. »

SOS insta

En finir avec la dépendance aux réseaux sociaux

Vous vous êtes fâchée à vie avec votre meilleure amie parce qu'elle n'a pas liké votre dernière photo sur Instagram? Vous avez décroché les miroirs des murs de votre appartement parce que vous ne supportez plus de vous voir sans filtre beauté ? La vie entière vous semble dénuée d'intérêt lorsque vous allez aux toilettes sans votre téléphone portable ? Vous avez fait un enfant simplement pour pouvoir le filmer et gratter des abonnés ? L'heure est grave. Vous souffrez très probablement d'une dépendance aux réseaux sociaux et cela peut avoir des conséquences irréversibles sur votre santé. Agissez avant qu'il ne soit trop tard : il existe des solutions pour vous sortir de cette spirale de merde numérique.

Grâce à un service de kidnapping de téléphone à la demande, organisez vous-même l'enlèvement de votre portable par des professionnels. Nos équipes spécialisées et notre expertise en matière de rapt technologique vous permettront enfin de vous retrouver en pleine rue dans l'obligation de puiser au fond de votre âme pour demander votre chemin à un inconnu. Vous passerez du temps avec vous-même, sans envier la vie des autres. Cela vous paraîtra difficile au début, mais vos efforts seront vite récompensés. D'autres ont réussi à vaincre la dépendance aux réseaux sociaux, alors pourquoi pas vous ?

Pour plus d'information,
veuillez contacter
Insta-Info-service.fr

LE JOUR OÙ...

J'AI DÉCOUVERT QUE J'ÉTAIS UNE ÉCORC(H)ÉE VIVE

Il y a des jours comme ça, où les mésaventures s'accumulent dans ma journée comme un Domino Day de merdes qui s'enchaînent et rendent ma journée interminable alors qu'elle ne fait que commencer.

Ce matin-là, je me réveille avec le marteau piqueur en bas de mon immeuble et le SMS d'une réalisatrice qui m'annonce que le film dans lequel je tourne un mois plus tard ne se fera finalement pas. Après ce réveil en fanfare, je prends ma douche, puis j'attrape ce qui ressemble le plus à du déodorant et je rejoins le métro direction la banlieue pour prendre l'air. Dans la rame bondée, alors que je tends le bras pour saisir la barre de métro, la peau de mon aisselle se décolle péniblement. Ce que j'ai pris pour du déodorant était en fait de la laque fixation extrême. Nickel. En sortant du train, je tombe évidemment sur des contrôleurs RATP qui m'arrêtent pour vérifier mon titre de transport. En même temps que je galère à trouver mon ticket j'entends le contrôleur dire à son chef : « Hé, elle fait de la télé, la fille, là. » Alors que je ne le trouve toujours pas, son chef lui répond : « J'en ai r'in à fout' si elle fait de la télé, elle va me trouver son ticket. » Une fois le ticket retrouvé, je réussis à choper un train direction chez ma mère dans le Val-d'Oise.

Arrivée là-bas, je décide de mettre un terme à ce cercle vicieux et de me changer les idées en allant courir en forêt. J'enfile donc des vêtements de sport trop serrés de mon adolescence dégotés dans mon vieux dressing. Jogging peau de pêche bleu, débardeur acrylique avec un imprimé des Destiny's Child, je trace en forêt tel un petit bolide, donnant des coups de poing dans l'air, comme une Rocky du pauvre, en m'imaginant casser des gueules de personnes très très méchantes. Alors que je suis en train d'air-boxer ma vie, je tombe nez à nez avec un type souriant en train de serrer fort un arbre dans ses bras. Je me dis alors : « OK, super...

la journée continue… je vais devenir la star posthume d'un prochain numéro de Crimes sur NRJ 12. » Mais il n'en est rien. Cet homme, se sentant obligé de se justifier, m'explique très pacifiquement qu'il est garde forestier et qu'il pratique la « sylvothérapie », qui consiste à câliner les arbres afin de se nourrir de leur richesse énergétique. Que selon les gens adeptes de cette thérapie, l'arbre diffuse en effet son énergie à la personne qui le câline, ce qui conduit à une réduction globale du stress et au renforcement du système immunitaire.

Après ce court échange, j'ai attendu qu'il s'en aille loin pour essayer à mon tour à l'abri des regards. Comme une enfant sur le point de danser son premier slow, j'ai enlacé cet arbre maladroitement, me rapprochant au fur et à mesure que la confiance s'installait. Mille questions assaillaient mon cerveau fatigué : Et si quelqu'un nous voyait ? Pourquoi suis-je aussi stressée aujourd'hui ? Pourquoi les contrôleurs ? Pourquoi personne ne m'avait dit que l'écorce c'était si doux ? Je respirais au rythme des interrogations et des pensées qui se dissipaient peu à peu et ce moment, d'abord intrigant, est rapidement devenu agréable.

En rentrant chez moi à Paris, je me suis rendu compte à quel point je n'avais plus aucune connexion avec la nature dans mon quotidien en dehors de ma lessive fraîcheur alpine.

Alors pour déconnecter, balancez votre portable contre un mur, courez vers la forêt la plus proche de chez vous, trouvez un arbre consentant et faites-lui un câlin.

Si vous n'avez pas de forêt à proximité, vous pouvez toujours faire un câlin à un homme tronc, mais je ne suis pas certaine que ça marche.

tronc d'arbre…

Pourquoi
personne ne m'avait dit
que l'écorce c'était
si doux ?

confession intime

Carpe Diam's*

Je vous le concède, il ne me reste pas grand-chose des cours de latin que j'écoutais d'une oreille, l'autre ayant passé beaucoup de temps branchée sur Skyrock. Cette station de radio et ses musiques ont été ma principale source de réflexion philosophique pendant longtemps, même si j'admets qu'entre la langue de Molière et celle de K-Maro, on n'est pas sur un grand écart mais davantage sur un claquage intellectuel. Pour autant, je n'aurai jamais honte de ce que j'ai aimé parce que ça fait partie de moi. La musique m'a toujours aidée à faire face aux problèmes que je n'avais pas dans la vie. Mieux, elle m'en a inventé. C'est un peu ça aussi la magie de la musique.

Grâce à elle, j'ai pu m'encanailler sur du rap français et rapper le délit de faciès depuis mon joli pavillon du 95. Pleurer un ex imaginaire sur du Sheryfa Luna dans ma bouteille de Biactol. Apprendre ce qu'était un pervers narcissique en même temps que je révisais le théorème de Pythagore. Je vous laisse deviner lequel m'a le plus servi par la suite dans la vie.

* MON MANTRA

« Cueille le jour présent comme si c'était de la boulette. »

MES PLUS BELLES CITATIONS DES années 2000

Traduites du français au latin,
afin de briller en société
mais pas trop non plus.

"EGO have a philosophia accepit quod in me, non obstante omnia ad me, et erexit usque pugnus"

Amel Bent

Français "Je n'ai qu'une philosophie, Être acceptée comme je suis, Malgré tout ce qu'on me dit, Je reste le poing levé"

"Cantate mecum, ego volo ut in femina youu"

K-Maro

Français "Chante avec moi, je veux une femme like you"

"Ho ho ho, tu exaudi me heus ho Sentis Nullam ho"

Tragédie

Français "Ho ho ho, est-ce que tu m'entends, hey ho, Est-ce que tu me sens, hey ho"

FAQ

Je réponds à vos questions santé

« Peut-on terminer en cellule de dégrisement parce qu'on est droguée à la vie ? »

Ghislaine, 43 ans.

Absolument pas Ghislaine : être droguée ne constitue pas un délit puni par la loi. En revanche, faites attention lorsque vous êtes ivre de bonheur au volant, votre conduite peut être altérée et, de fait, dangereuse pour les autres, particulièrement si vous écoutez du Willy Denzey en conduisant.

« Comment savoir si mon coach sportif est amoureux de moi ? »

Melha, 26 ans.

Il est vrai que les relations coach-client peuvent être parfois mâtinées d'une certaine ambiguïté, Melha. Néanmoins, certains indices ne trompent pas : s'il vous dit “Je t'aime” ou “Épouse-moi” pendant que vous faites des squats, il est probable que ses sentiments dépassent le cadre strictement professionnel.

« Il est où l'bonheur il est où ? »
Anonyme.
Merci Christophe pour cette question très ciblée. Je ne pourrai pas exactement vous dire où il se situe, mais je peux vous assurer qu'il n'est pas Porte de La Chapelle à la tombée de la nuit.

« Je ne veux pas boire d'alcool en soirée, est-ce que ça signifie que je suis enceinte ? »
Franck, 18 ans.
C'est une excellente question Franck et je vois bien le type de situation auquel vous faites référence dans votre message. Parfois, les gens en soirée ne comprennent pas que vous ne souhaitiez pas vous la coller avec eux et, de ce fait, se voient obligés de vous demander si vous êtes enceinte. Cela étant dit, sans vouloir vous genrer, d'après votre prénom votre sexe ne vous permet pas de porter un enfant.

« Il paraît que la saison des navets c'est l'été, est-ce que si je regarde votre filmographie en hiver ce sera moins bon ? »
Gérard, 54 ans.
Allez vous faire foutre, Gérard.

« Mon voisin de classe m'a dit que pour être en bonne santé il fallait manger six bites et légumes par jour, c'est vrai ? »
Zoé, 13 ans.
Zoé, je suis très choquée par ce que je viens de lire. Vous pouvez répondre à votre voisin de classe qu'il n'a aucunement le droit de vous imposer son propre régime alimentaire. Ne laissez jamais personne vous dire qui vous devez être, Zoé.

« Je déteste le sport »
Jean-Charles, 22 ans.
Je comprends, Jean-Charles. Moi-même je déteste les impôts, mais on ne fait pas toujours ce qu'on veut dans la vie.

« Est ce que c'est vrai que ça ne coûte pas plus cher de bien manger ? »
Vivian, 38 ans.
J'ai effectivement entendu cela quelque part Vivian. C'est vrai et c'est faux. Il y a des marchés où les prix des légumes sont abordables mais dans certains magasins ils sont devenus des produits de luxe. Et c'est difficile pour ceux qui n'ont pas un radis ! Vous l'avez, Vivian ?

« Mon frère est ceinture noire de judo, ma sœur ceinture jaune et moi c'est plutôt ceinture de chasteté, que faire ? »

Anne-Sophie, 25 ans.

Pas de panique, Anne-Sophie. Il n'y a pas d'injonction à faire du sport dans la vie, tant que vous vous sentez bien dans vos baskets !

Peut-on terminer en cellule de dégrisement parce qu'on est droguée à la vie ?

Ghislaine, 43 ans

Playlist

10 CHANSONS

pour vous empêcher de méditer

1 Walk This Way,
Aerosmith

2 Numb
Linkin Park,

3 Highway To Hell,
AC/DC

4 Vous êtes des animaux (Positif),
Mr Oizo

5 Ski Ba Bop Ba Dop Bop,
Scatman John

6 Axel F,
Crazy Frog

7 Girlfriend,
TTC

8 Ça m'énerve,
Helmut Fritz

9 Bring Me To Life,
Evanescence

10 Je veux te voir,
Yelle

la définition

Granolisme

Substantif masculin

Du grec ancien granolé

Doctrine philosophique du XXIe siècle selon laquelle les granolas et Instagram constituent le but de l'existence humaine.
Le granoliste est celui qui est convaincu que, pour mener une vie saine, il faut découper un maximum de fruits, les mélanger dans du fromage blanc et des flocons d'avoine chaque matin puis partager le résultat de cet acte d'engagement idéologique auprès du plus grand nombre sur les réseaux sociaux.
C'est un courant de pensée qui s'intègre plus largement dans la lignée très répandue du « lovemylifisme » et du « wokeuplikethisme ».

4

MON CORPS

cet individu influençable

UNREAL

Amour, astrophysique & CHIRURGIE

Pendant des années, j'ai entretenu dans le secret le plus total une relation à la fois passionnelle et malsaine. Entre nous, c'était les montagnes russes : un jour, il était dingue de moi et me disait combien j'étais belle, et l'autre, il ne me supportait plus. Il changeait en permanence d'opinion à mon sujet et, lentement mais sûrement, abîmait l'image que j'avais de moi-même. Mais c'était trop insidieux pour que je réagisse et me rebelle ; il m'a fallu du temps pour que je me rende compte qu'il me manipulait depuis toutes ces années, me faisant croire que j'avais besoin de lui pour exister. Que sans lui je n'étais rien, qu'un vague reflet de femme. Dès lors, le verdict a été sans appel : je vivais une relation toxique avec un pervers narcissique. Maintenant que j'y pense, j'aurais vraiment dû le quitter plus tôt, cet enfoiré de miroir.

Quand j'y pense, je trouve qu'un « miroir réfléchissant » ça porte assez bien son nom. Parce qu'il m'a fait beaucoup réfléchir ce miroir, peut-être trop. Certains matins, je passais devant lui sans le calculer plus que ça… D'autres, je me transformais en agent de la DGSE : pourquoi t'as ce nez aquilin, Alison ? Tu vas faire quoi avec, tu veux attaquer quelqu'un, c'est ça ? Pourquoi cette bouche fine elle peut pas être pulpeuse comme tout le monde ? Et pourquoi tu fais cette tête ? Hein ? C'est parce que t'es pas maquillée ? Et je peux savoir pourquoi tes sourcils sont différents ? Y en avait plus deux pareils sur l'étalage à ta conception ?

C'est fou ce qu'un simple reflet peut susciter comme comportements étranges. À cette époque, je me badigeonnais d'autant de crèmes antirides qu'il y a de noms spécifiques pour chacune des zones fripées de notre corps*: une crème pour les pattes-d'oie, une autre pour la ride du lion, une encore pour les rides naso-labiales, manquait plus qu'un sérum pour la ride du plombier ! J'avais passé toute mon adolescence à vouloir grandir et voilà que maintenant je me tartinais de produits pour essayer de revenir en arrière.

* Incroyable mais vrai, il n'existe pas de crème anti-pli pour la zone au-dessus des testicules.

Je crois que j'aurais bien voulu qu'on m'apprenne à m'aimer dès l'école. L'école, cet endroit fabuleux où on t'enseigne tout un tas de choses, et notamment à placer des villes sur une carte, mais jamais à remettre en place un bouffon qui critique ton physique. Là bas, comme tout le monde, j'ai eu droit à tout un tas de surnoms : d'abord « planche à pain » parce que je n'avais pas de poitrine, puis « Aliboulix » pendant ma phase bonne vivante ou encore « Alisbonne » de la part de garçons à la piscine, qui avaient découvert que comme tous les mammifères j'étais dotée de poils. Il m'aura fallu du temps pour apprendre à m'aimer, relativiser les railleries des enfants, ces minitrolls en puissance. Et aussi pour comprendre que la beauté, c'est très variable d'une personne à une autre. Et surtout très surcoté. Que je sache, aucune super-héroïne n'a jamais sauvé la planète grâce à de beaux seins ou un *thigh gap* ! Et on ne me fera pas croire que la beauté ça ne peut pas parfois être un frein à une carrière. Devenir un grand scientifique, pour une personne lambda, c'est dix ou onze années d'études. Barbie, elle, elle a mis soixante ans pour devenir astrophysicienne. CQFD.

Je ne sais pas exactement d'où vient cette pression sociale de devoir être agréable à regarder physiquement. Est-ce lié au fait que nous vivons à une époque où l'image et l'apparence sont capitales, ou bien ça a tout simplement toujours été le cas dans l'histoire ? Quand je vois le nombre de femmes qui se font le nez et le boule de Kim Kardashian, j'ai quand même du mal à imaginer qu'avant les femmes demandaient à leur chirurgien de leur couper les bras pour ressembler à la Vénus de Milo. Attention, je n'ai rien contre la chirurgie esthétique, j'ai juste un problème avec les modèles dont on dispose. Malheureusement, force est de constater qu'aujourd'hui personne ne se fait refaire les seins pour ressembler à Marie Curie ou Simone de Beauvoir.

Cinq compliments

À SE FAIRE LE MATIN FACE AU MIROIR

« Tu es désirable comme
une place en terrasse
en été. »

« Tu es belle comme
une prime
de fin d'année. »

« Ton regard frappe
plus fort que le pied droit
de Luka Modrić. »

« Hey toi, tu me plais trop,
j'adorerais te ressembler.
Ah, mais attends,
tu es moi ! »

« Tu brilles tellement
que j'ai cru que j'étais
au rayon luminaires
d'IKEA. »

LE JOUR OÙ...

JE ME SUIS FAIT ENLEVER UN TATOUAGE

J'ai toujours rêvé d'avoir un look *badass* et de faire quelque chose de transgressif, malheureusement ma mère m'a formellement interdit de toucher à mon corps ou de me faire un tatouage et ce depuis mon plus jeune âge. Je dois avouer que ce jour-là j'ai agi sous le coup de l'impulsion. J'avais 9 ans et j'étais à l'anniversaire de Céline, ma copine de classe. On avait bu trop de Coca et j'en étais à mon cinquième Malabar.
J'avais déjà les pupilles explosées au sucre quand ma pote m'a proposé de me faire un tatouage Malabar ; je n'ai pas réfléchi. C'était une erreur de jeunesse. À l'aide d'une éponge elle m'a collé le papier transfert sur la joue et j'ai fini avec le logo Malabar sur la face, celui avec le dessin de ce type blond qui mâche du chewing-gum et qui ressemble à Donald Trump en plus jeune et plus musclé. C'était un mercredi après-midi et le lendemain il y avait école. Il a fallu que ma mère me ponce la joue avec le dos d'une éponge pour l'enlever. C'était très douloureux. Le lendemain, je suis allée en classe avec les stigmates de mon acte de rébellion.

MODE, QUEUE DE RAT & *camel toe*

J'aurais adoré être une *fashion victim*, mais je crois que j'ai davantage été une *fashion criminal*. Seuls mes amis proches et ma famille le savent, mais j'ai eu un itinéraire vestimentaire parfois répréhensible par la loi.

Petite fille garçon manqué, je n'étais pas compliquée à habiller : un jean confortable et un T-shirt avec un dessin de loup-garou suffisaient à me satisfaire. Ma mère m'avait vendu que je n'avais pas besoin de porter des marques parce que « j'avais de la personnalité », j'ai donc tenté de renverser les lobbys des grands groupes de l'industrie textile grâce à des presque marques que j'ai essayé de lancer : les Atemi, des Abibas, et autres vestes Shott.

Par la suite, c'est le hit-parade qui a régi mes choix vestimentaires pendant de longues années. Et comme mon obsession tournait autour des chanteurs de R'n'B aux chemises ouvertes et aux pecs luisants, je m'habillais telle une figurante de clip de Tragédie et j'ai fait le tiercé de la babtou fragile des années 2000 : pantalon large taille basse, trait d'eye-liner parkinsonien et tresses africaines réalisées par une copine qui voulait s'entraîner sur mon crâne.

Puis la vague pop rock est arrivée et m'a emportée dans son tourbillon hautement contestataire : j'ai défait mes tresses pour plaquer mes cheveux au Vivel Dop effet sébum et j'ai enfilé des mitaines résilles rose fuchsia en vue de me métamorphoser en Avril Lavigne qui ne sait pas faire de skate. Pour une raison que j'ignore, j'ai également décoloré mes sourcils à l'eau oxygénée, ce qui m'a valu un regard très surprenant sur mes photos de classe cette année-là.

Au lycée, j'ai adopté l'uniforme obligatoire lorsqu'on est en section littéraire : le look zadiste sophistiqué. Pour ce faire, j'avais effilé mes cheveux en queue de rat et je mettais tout ce qui était en bois au bout d'une ficelle autour de mon cou.

Aujourd'hui, j'ai la chance de faire un métier où il y a des stylistes qui sont là pour faire croire aux gens que je sais m'habiller. C'est formidable parce que, si ça ne tenait qu'à moi, le confort m'étant primordial, je serais en total look Domyos fluo, slip *oversize* qui dépasse et *camel toe*.

Mais la notion qui m'interroge le plus dans l'univers de la mode, c'est la notion de code vestimentaire qu'on connaît mieux sous l'appellation *dress code*. Je dois vous avouer que j'ai un énorme souci avec ce principe, qui reste très mystérieux pour moi.

Même si je fais toujours semblant de comprendre de quoi il s'agit lorsqu'on me dit de venir à une soirée *casual*, en vrai, je me mets rapidement à transpirer du front et je me demande pourquoi on ne me laisse pas venir habillée

« normalement ». En plus, je sais très bien ce qu'il va se passer. Malgré tous mes efforts, ça sera comme le jour de la prestation de serment de ma sœur au palais de justice : on me dit : « Viens *casual* », puis, quand j'arrive en minijupe ras la salle de jeux, je découvre que tout le monde est habillé comme pour aller à la messe.

Les nuances des *dress codes* sont parfois si difficiles à comprendre que ça me demande un effort surhumain pour les saisir et j'en perds mon sang-froid. Récemment, j'ai été invitée à une soirée *casual chic* ; également connue sous le nom *smart casual*, ben oui parce que s'il n'y avait qu'un seul nom ça ne serait pas marrant. Pouvez-vous me dire quel genre de personnes vous propose de vous habiller en *casual chic* ? Chic mais décontracté ? On ne serait pas sur une petite contradiction ? Ces personnes lorsqu'elles vont chez Leroy Merlin elles demandent quoi, du jaune violet ? Et concrètement, comment je m'habille moi pour une soirée *casual chic*, je mets un bustier en haut et un jogging en bas ?

Il y a aussi ceux qui recommandent de venir habillée comme pour un gala. Pour moi « gala » c'est « *free from desire* » et rien d'autre, alors c'est très trompeur. Et puis m'habiller « comme pour un gala »... comme si j'allais dans des galas ! Moi, dans ma vie, je vais au Carrefour City, ou chez Picard, mais pas à des galas. Si, une fois par le passé on m'a invitée à un rallye dansant : je suis venue en T-shirt des 24 Heures du Mans, j'avais fait un carnage !

FASHION

1 Un chemise oversize ....

2 Un coupe mulet voulue ....

3 Un crop top ....

4 Un jean boyfriend ....

5 Les poils sous les bras ....

6 Le sac banane ....

7 La culotte en soie ....

8 Un maillot de bain une pièce ....

9 Une capeline en paille ....

10 Une marque qui fait une collab' ....

FÂCHEUX

Une chemise trop serrée 1

Une coupe mulet subie 2

Des Crocs taupe 3

L'écharpe de ton pote qui t'a friendzoné 4

La fourrure 5

La banane écrasée au fond de son sac 6

La culotte en soi 7

Un maillot de foot de Sochaux 8

Une casquette « Make America great again » 9

Une marque qui a habillé des collabos 10

DRESS CODE de la route

Pour chaque question, entourez la réponse correcte.

Question n°1

Suis-je en infraction si je porte un sarouel et des Crocs ?

A. Oui, et c'est répréhensible par la *fashion police* : vous pourrez encourir jusqu'à 160 € d'amende.

B. Non, le port de sarouel et de Crocs est toléré mais uniquement dans le cadre de la Fête de l'Huma.

Question n° 2

J'ai le regard tombant, je peux l'illuminer grâce à :

A. Mes phares avant.

B. Mon fard à paupières.

C. Balec des yeux qui tombent, je ne mets rien du tout.

Question n° 3

Le contrôle technique de son dressing doit être effectué :

A. Tous les deux ans.

B. Après chaque période de soldes.

Question n° 4

Vaut-il mieux avoir des jantes alu ou un T-shirt d'Alliage ?

A. Jantes alu.

B. Un T-shirt d'Alliage, la mode est un cycle : ça reviendra, un peu de patience.

Question n° 5

Je suis dans la queue pour essayer des vêtements, mais il y a trop de monde :

A. Je les essaie à la sauvage entre deux rayons.

B. Je vais chez les hommes, ça va plus vite.

C. J'achète sans essayer, c'est pas grave j'ai 30 jours pour échanger. Mais comme je suis une grosse feignasse, je ne les rapporterai jamais et j'aurai ces vêtements sur les bras. Foutue société de consommation !

Les réponses : B, C, A, B, C.

MAQUILLAGE, GROSSES MÈCHES & COIFFEURS *visagistes*

Une fois par an, je vais chez Sephora dans le but bien précis d'acheter mon parfum et je ressors avec tout sauf ce dont j'avais besoin. Sephora, véritable temple du maquillage, mais aussi et surtout le parcours du combattant pour les clientes comme moi, qui se transforment en véritables tartines vivantes devant slalomer entre les rayons pour éviter les démonstratrices qui veulent absolument vous beurrer de produits.

Quand je vais faire du shopping là-bas, j'ai carrément l'impression de participer à un Ninja *warrior* du make-up, dont le but est de rester concentrée sur son objectif initial tout en étant sous l'emprise des 172 odeurs qui se mélangent là-bas. Ne pas céder aux tentations des vendeuses qui vous présentent les nouveautés comme si c'étaient des indispensables : « Attendez, vous n'avez pas un crayon pour agrandir le regard ? Ni de *stick contouring* pour rapetisser votre nez ? Vous n'avez rien pour refermer les pores de vos lobes d'oreilles ? J'y crois pas ! »

Pour autant, on ne me fera plus jamais acheter ou mettre de fond de teint : ça me rappelle trop de mauvais souvenirs d'adolescence. Vers mes 13 ans, j'ai eu de grosses éruptions cutanées bien agressives sur tout le visage. J'avais tout essayé pour que personne ne remarque mes boutons : disparaître derrière un col roulé avec juste mes yeux qui dépassaient, détourner l'attention quand j'arrivais en cours en hurlant « Hé, regardez par la fenêtre, y a un exhibitionniste ! », mélanger du Biactol à mes céréales le matin... Rien n'y faisait, ces boutons étaient là, il fallait vivre avec. Alors, comme un peintre en bâtiment qui ravale une façade d'immeuble abîmée, j'ai commencé à m'étaler des couches successives d'anti-rougeur, de correcteur, puis de fond de teint et enfin de la poudre. J'avais vu ça dans les magazines. Plus il y en avait, plus j'étais invisible sous les épaisseurs de mon maquillage gras et pas cher qui luisait, si bien qu'à la fin je ressemblais plus à un plat de lasagnes qu'à moi-même.

Par le passé, j'ai eu pas mal de démêlés avec des coiffeurs qui n'en faisaient qu'à leur tête. C'est une profession pour laquelle j'ai beaucoup de respect, car elle a le pouvoir, en un coup de ciseaux, de sublimer quelqu'un ou, à l'inverse, de le transformer en Gremlins. Ça fait quand même beaucoup de responsabilités entre les mains d'une seule personne. D'un côté, quand je vois que certains coiffeurs que j'ai eu le malheur de croiser sur ma route courent encore dans la nature, je me demande ce que fait le gouvernement. D'un autre, je me dis aussi que ça fait des bons souvenirs à raconter.

Pour moi, tout a commencé quand j'avais 12 ans et j'étais dans le sud de la

France avec mes parents. C'était la fin des grandes vacances, et je voulais me couper les cheveux pour impressionner ma classe à la rentrée. Je ne sais pas pourquoi j'avais ce fantasme de faire effet le premier jour de reprise des cours, comme si les cartes de la séduction pouvaient être redistribuées par une simple coupe de cheveux. C'est sur les photos de classe qu'on se rend compte après. Pour ne pas prendre trop de risques, j'avais demandé un carré mi-long à la coiffeuse. Une méconnaissance totale de la géométrie et une haine viscérale pour ma crinière l'ont poussée à m'infliger ma première blessure capillaire en me coupant beaucoup trop court : au lieu du carré, je me suis retrouvée avec une coupe au bol basse. La coiffeuse, persuadée qu'elle avait fait un travail fabuleux, se baladait autour de moi avec un miroir rond pour me montrer la catastrophe sous tous les angles. Je refrénai mon envie de pleurer en hochant la tête pour qu'elle me libère alors que je n'avais qu'une envie : ramasser les mèches de cheveux par terre pour essayer de les recoller. Trop tard ; à cause d'elle, j'allais entrer en quatrième avec le *swag* d'un cèpe et servir de buzzer à mes copains de classe quand ils auraient une bonne réponse.

Lorsqu'ils ont repoussé, comme une bonne ado des années 2000 qui se respecte, j'ai pris l'habitude de plaquer et d'attacher mes cheveux en une queue basse bien serrée, en sortant juste les deux mèches de devant en signe de rébellion.

Un peu plus tard, j'ai fait la grosse erreur de me laisser tenter par la semi-permanente. Dans mes rêves, j'étais persuadée que j'allais ressortir de chez le coiffeur telle une puissante sirène régnant sur le monde aquatique grâce à son sublime *wavy*. En réalité, je suis devenue une créature hybride mi-femme mi-salade frisée, et le seul océan dans lequel j'ai pu noyer ma déception c'est celui de mes larmes : mes cheveux avaient désormais la texture du foin. J'ai mis du temps à les récupérer.

The Fresh Prince
HOME ALONE
U Can't Touch This
-M. C. Hammer

Aussi, le jour où j'ai cru que je pouvais avoir le dégradé de Rachel dans *Friends*, je n'étais pas en pleine possession de mes moyens. J'avais soigneusement découpé une photo de Jennifer Aniston dans un magazine pour la donner à la coiffeuse qui, avec un rasoir, a effilé mes cheveux jusqu'à me laisser avec une coupe mulet.

Ma période lycée a quant à elle été marquée par la quête impossible d'une chevelure avec des mèches blondes subtiles et naturelles « pour apporter lumière et nuance ». Alors, pour la lumière on y était complètement, mais pour la nuance il y avait encore du travail. Je suis ressortie du salon avec des grosses mèches bien épaisses et peroxydées qui donnaient à ma tête l'aspect d'un gâteau marbré ; mon « effet balayage » avait laissé place à un « effet balai-brosse ».

Mon
"effet balayage"
avait laissé place à un
"effet balai-brosse".

MODE d'EMPLOI

Comment adapter son fond de teint en fonction des occasions ?

APRÈS UNE MANIF,
pour camoufler un bleu de Flash-Ball

L'anti-cernes orangé, c'est LE *must have* en termes de camouflage de bleu de manif. En effet, la couleur orange permettra de neutraliser l'aspect bleuté de l'hématome. Après ça, les banderoles et les merguez n'auront plus de secret pour vous !

AU BUREAU,
pour demander une augmentation

Choisissez un fond de teint quatre tons au-dessus de votre carnation, à la texture ultra-fine. Puis, à l'aide de votre pinceau, dessinez une élégante moustache de mâle dominant au-dessus de votre lèvre supérieure et foncez dans le bureau de votre patron : il n'y verra que du feu !

À LA MAISON,
pour se faire larguer

Privilégiez un fond de teint haute couvrance et waterproof beige doré : ses pigments chauds vous permettront d'avoir l'air d'une déesse égyptienne quand votre salaud vous annoncera qu'il couche avec sa stagiaire depuis deux ans. Et, grâce à sa résistance à l'eau, adieu l'effet coulure de pigeon sur la face !

DANS LA RUE,
pour ne pas se faire harceler

Choisissez une peinture mate unifiante couleur brique qui s'accordera parfaitement à la couleur des murs de votre rue. Ainsi, fondez-vous dans le décor et passez totalement inaperçue tout en restant bien hydratée toute la journée.

LES INDISPENSABLES

dans ma trousse de toilettes à la turque

Une plaque « Occupé » à mettre sur la porte. Une fois sur deux, les serrures des toilettes sont cassées et affichent « Libre » alors qu'on est dedans, impossible de faire son affaire en étant sur le qui-vive !

Une combinaison de protection chimique à la Walter White pour ne pas avoir à toucher les parois hostiles des toilettes à la turque.

Une boîte musicale à cigales pour couvrir le bruit de la promiscuité avec une senteur lavande pour tromper mon odorat et me faire croire que je suis en Provence.

Des lingettes antibactériennes pour les mains et surfaces, qui éliminent 99 % des bactéries.

Un gilet de sauvetage et un fumigène de détresse en cas de pépin.

Une lampe-torche à UV LED détecteur de microbes et de bactéries, pour trouver le 1 % restant.

Un cône de chantier à mettre à l'envers pour être sûre de bien viser.

Une brosse de toilettes Donald Trump Make Toilet Great Again pour ne rien laisser derrière soi.

Un rouleau de papier toilette triple épaisseur aux couleurs de l'arc-en-ciel pour mettre un peu de gaieté dans ces WC moroses.

ma ROUTINE BEAUTÉ

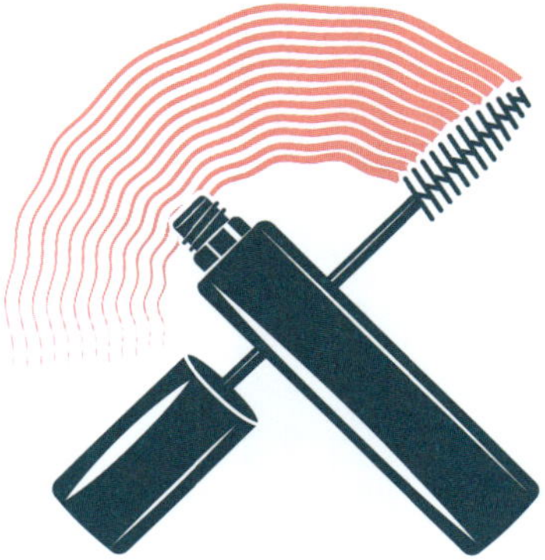

Tous les matins, je fais attention à bien sélectionner les produits que j'utilise pour bichonner ma peau. La dernière fois que j'ai cité un produit dans un magazine, les responsables de la marque m'en ont envoyé un exemplaire gratuitement chez moi. Alors, si je partage ici avec vous mes produits préférés, ça n'est en aucun cas dans le but de me les faire offrir par la suite. J'insiste, vraiment : ce message s'adresse aux responsables de presse qui travaillent pour les marques en question. Il n'est pas du tout nécessaire de me remercier en m'envoyant vos produits que j'aime beaucoup à l'adresse suivante : 7, rue des Peupliers 75001 Paris. Deuxième étage face.

Cela étant dit, lorsque j'ai besoin de nettoyer ma peau j'utilise l'eau micellaire SO'BIO Hydra à l'aloe vera (pour peaux sensibles flacon de 500 ml édition collector Noël des fois que vous hésitiez sur le modèle à envoyer) car les lotions démaquillantes peuvent être très desséchantes. Afin de prolonger l'effet de l'eau micellaire, je pulvérise ensuite une lotion tonique qui est, comme son nom l'indique, une lotion au gin-tonic. Parfois, je la remplace par une eau florale à la rose ancienne de chez SANOFLORE, ou un shot d'eau-de-vie à la poire, ça me met un bon coup de fouet avant une grosse journée. Puis j'applique une excellente crème antirides très hydratante de chez ESTÉE LAUDER c'est la crème Revitalizing Supreme (+ en format de voyage, c'est plus pratique). Quand je suis prête, j'enfile ma bague BOUCHERON Quatre grand modèle en 3 ors et PVD marron taille 54 et je file au volant de ma BMW 1 Série M Coupé noir verni. Et hop ! La journée peut enfin démarrer.

FAQ

Je réponds à vos questions **beauté**

« J'ai un T-shirt *La Manif pour tous*, que puis-je porter avec ? »
Marie-Cystite, 67 ans.
Merci, Marie-Cystite, pour votre question d'utilité publique. Essayez de l'accessoiriser avec un short arc-en-ciel, des plates-formes shoes et un sac à dos licorne. Vous vous sentirez mieux.

« Comment cacher mon double menton ? »
Fabienne, 62 ans.
Fabienne, quand on a un double menton, il ne faut pas le cacher mais en être doublement fière.

« Je ne rentre plus dans mon jean 36, il a rétréci au lavage, non ? »

Bérénice, 37 ans.

Oui, c'est certain. Et peut-être aussi que votre machine à laver devrait lever le pied sur les pizzas et les do-mac.

« Je suis invitée à une soirée déguisée, mais on m'a dit de venir avec mes habits de tous les jours, comment dois-je le prendre ? »

Brigitte, 38 ans.

Mal. Il faut le prendre mal, Brigitte.

« J'ai un regard bovin, comment meuuuuh maquiller ? »

Marguerite, 13 ans.

Marguerite, oh, la vache, ça faisait longtemps ! Comment tu vas ?

« J'ai des points noirs partout. Comment m'en débarrasser ? »

Didier, 89 ans.

On est en 2019, on ne juge pas les points sur leur couleur de peau.

« J'hésite à me faire l'épilation du maillot au sabre laser, est-ce dangereux ? »

Princesse Leia, 38 ans.

Vous seule décidez de la façon de vous épiler et puis franchement vous feriez mieux de demander ça à Chewbacca.

« Mon mari dit que j'ai un grand front et que je devrais faire du contouring. »

Jeanne, 29 ans.

Répondez-lui que vous accepterez à condition de pouvoir lui en faire sur son bide à bière.

« J'essaie d'expliquer à mon enfant que c'est pas important de porter des marques, tu fais comment avec les tiens ? »

Michèle, 41 ans.

La contraception, Michèle.

« Les *dad shoes*, ce sont des grosses chaussures, les *mum jeans* des jeans un peu grands et les chemises boyfriend des chemises trop larges, on serait pas tout simplement en train de se foutre de ma gueule ? »
Didier, 47 ans.
Oui, Didier, je suis d'accord avec vous. Dans pas longtemps, on va nous ressortir les *mamies panties*, les culottes de grand-mère.

Quand on a
un double menton,
il ne faut pas
le cacher
mais en être
doublement fière.

Playlist

10 CHANSONS

pour repousser son RDV chez le chirurgien esthétique

1 Believe,
Cher

2 Scream,
Janet Jackson

3 You Rock My World,
Michael Jackson

4 Like a Prayer,
Madonna

5 Où sont les femmes,
Patrick Juvet

6 Fergalicious,
Fergie

7 Vous les copains,
Sheila

8 Rumors,
Lindsay Lohan

9 Mono,
Courtney Love

10 You Are Beautiful,
Christina Aguilera

la définition

Dévisagiste

Substantif masculin

Adjectif qualificatif

Se dit d'un coiffeur qui vous rate systématiquement
et qui vous jure les yeux dans les yeux
qu'il trouve ça super alors que la coupe au bol,
on sait très bien que ça ne va pas à tout le monde.

MES AMOURS

peines de cœur et de cul

AUX ŒUFS FRAIS
CROQUANTS ET FONDANTS
CHARLOTTES ET POUR LES AUTRES
MONOPRIX
PETALES RIZ
BLÉ COMPLET & ORGE
AUX FRUITS ROUGES
POUSSES DE
CIGARETTES GOURMANDES

PIGEONS, PAPILLONS & faire-part

De la même manière qu'on se pense naïvement à l'abri des pigeons quand on est sous un arbre, on se croit souvent à l'abri du coup de foudre. Pourtant, il nous tombe dessus avant même qu'on ait le temps de le voir arriver. Les pigeons, ça tache, mais avec l'amour, on s'attache : je ne sais pas ce qui est le pire. Quoi qu'il arrive et dans les deux cas, je vous conseille de toujours avoir des mouchoirs sur vous.

Ah, l'amour... ce sentiment qui nous plaque au sol comme un violent *uraken* et qui nous fait perdre toute connexion avec le monde réel. Je me souviens très bien de la première fois que je suis tombée amoureuse. J'ai compris que quelque chose clochait suite à l'apparition de symptômes très particuliers dans ma vie. Depuis deux jours, je me réveillais avec une paralysie faciale très embarrassante qui s'emparait de tout mon visage et me forçait à sourire sans aucune raison précise. Puis, j'ouvrais les fenêtres en interpellant la nature et je faisais ma vaisselle dans l'hilarité la plus totale, juste parce que j'avais constaté que j'avais les mêmes fourchettes que lui. Je marchais vite dans la rue et pourtant je percevais tout au ralenti, comme dans un clip de Roch Voisine. Je m'étais même surprise à écrire son nom à l'aide d'un bâton dans le sable d'une canisette.

Tout avait commencé dans ce fast-food où je mangeais souvent avec mes copines de fac : un jour, j'avais vu Benoît au loin – enfin, les oreilles de Benoît, car il avait de sacrées oreilles décollées... et c'était d'ailleurs ce qui m'avait tapé dans l'œil en premier chez lui. Je retenais mon souffle chaque fois que je le croisais à la fac. Avec sa peau mat et ses épaules larges, il sortait du lot, comme une *potato* perdue au milieu de mes frites. Un jour, il faisait la queue devant moi pour payer à la caisse et j'ai trouvé le moyen de lui adresser la parole en lui demandant innocemment s'il était à la fac. La finesse et la subtilité de ma question l'ont convaincu de déjeuner avec moi tous les mardis midi. Une chose en entraînant une autre, on en est arrivés à se rouler des pelles au caramel en guise de dessert. Je n'avais pas intellectualisé la situation plus que cela jusqu'à ce que je prenne conscience un jour que mon comportement avait quelque chose d'anormal, et ce, pour trois raisons :

» je ne regardais plus les autres hommes ;
» j'allais chez l'esthéticienne de mon plein gré ;
» lorsqu'il dormait chez moi, je le regardais dormir comme si j'étais son codétenu psychopathe de cellule.

C'étaient pas des papillons que j'avais dans le ventre, c'était le zoo de Beauval tout entier, en incluant les loutres qui nagent sur le dos avec leur bébé dans les bras et les dauphins qui sautent en l'air. La totale.

J'aurais dû le sentir que j'étais en train de me mettre toute seule dans une galère ; en plus, ce n'était pas comme si je n'avais pas été prévenue. Je veux dire par là que les amoureux célèbres ne sont pas en général des personnes qui ont bien terminé : Roméo et Juliette, Tristan et Iseult, Pamela Anderson et Adil Rami...

Quand, enfin, je me suis décidée à dire à Benoît que j'étais amoureuse de lui, lui avait prévu de me dire qu'il n'était pas amoureux de moi. Heureusement, je ne m'étais pas emballée trop vite ; j'avais juste accolé nos initiales pour voir si ça rendrait bien sur un faire-part et fait un portrait-robot de notre hypothétique enfant. Il était magnifique, je l'avais appelé Stan.

Ça s'est fait dans un parc ; ce fut rapide, il m'a dit droit dans les yeux que c'était terminé puis il est parti, me laissant seule en plan avec mon mouchoir, sur mon banc. J'ai essuyé mes larmes en guettant avec méfiance l'arbre qui se trouvait au-dessus de moi. Pourtant, j'avais la douloureuse sensation que je ne craignais plus rien : le seul pigeon, c'était moi.

5

PRISES DE

JUDO

POUR LE OU LA FAIRE TOMBER AMOUREUX-SE DE VOUS

LE TACRUKOI

ou la technique de renversement de situation.

Cela fait une semaine qu'il ne répond plus à vos messages, ni à vos *nudes* ? Retrouvez-le à la sortie de son travail, avancez-vous et posez-lui une question offensive pour le déséquilibrer ; par exemple : « Est-ce que tu penses que ton père t'aime vraiment ? » Une fois que vous le sentez perturbé, attendez de voir venir des larmes monter et ajoutez que vous serez toujours là pour lui.

LE JTEDÉPOSE

ou technique du covoiturage, méthode ancestrale qui a fait ses preuves par le passé.

Vous voulez lui proposer de faire du covoiturage mais vous n'avez pas le permis ? Ne paniquez pas. Saisissez-le par le bras, faites basculer le poids de son corps sensuel sur votre dos et commencez à avancer vers son lieu de travail. Proposez-lui de faire l'autoradio en chantant !

LE YAPAMOYEN

ou technique du barrage.

Vous le chinez depuis trente-cinq minutes dans ce bar et voilà qu'il pose ses yeux sur une autre femme que vous ! Vous n'allez pas perdre le temps que vous avez investi sur ce beau spécimen, alors décalez son pied droit légèrement à l'extérieur de façon à le faire basculer puis faites barrage avec votre jambe gauche pour l'empêcher d'aller voir ailleurs. Lorsque c'est le moment, approchez-vous délicatement de son oreille pour lui chanter du Poetic Lover.

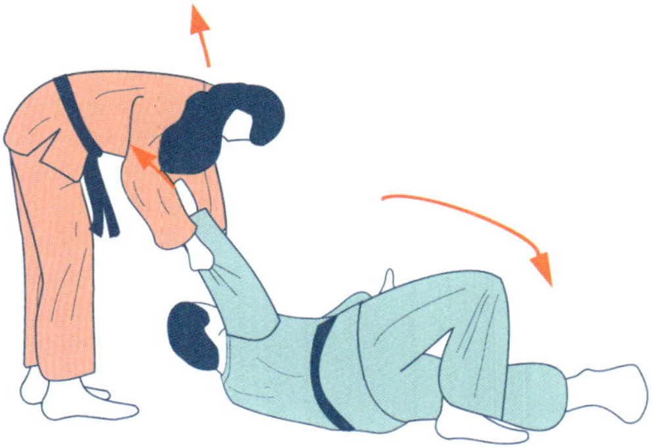

LE SELECTA

ou technique du café collé-serré.

Tous les matins vers 8 h 45, il se rend à la machine du bureau pour se faire couler un expresso ? N'attendez plus pour passer à l'attaque ! Préparez-lui son café deux minutes avant son arrivée, laissez-le dans la machine accompagné d'un post-it avec écrit : « Vendredi 20 h15 devant l'UGC des Halles. On va voir un film. »

LE TROTAR

ou technique d'anticipation, figure qui nécessite autant de discrétion que de rapidité.

Vous êtes en train de déjeuner au restaurant avec lui, mais il tarde à officialiser votre relation. Faites tomber votre fourchette au sol, pendant ce temps saisissez-vous de son téléphone portable et mettez une photo de vous en fond d'écran ainsi qu'en *profile pic* de tous ses réseaux sociaux. Ça y est, tout le monde est au courant !

PREMIER BAISER, *gastro* & jardin secret

Mon premier baiser, c'était avec un poster de Craig David : j'avais détaché son affiche d'un *Star Club* pour la punaiser à mon mur. J'ai tout de suite su que c'était lui. C'était merveilleux. Mais, la première fois que j'ai embrassé quelqu'un en quatre dimensions, j'avais 14 ans. C'était avec un garçon, dans un souterrain de la gare d'Ermont-Eaubonne. Appelons le S. pour préserver l'anonymat de Stanislas Tesson, 7, rue des Bussy, 95580 Eaubonne.

On s'était donné rendez-vous avec nos bandes respectives vers 17 h 45 un mercredi après-midi. On avait planifié ça comme des mafieux qui se retrouvent pour échanger une mallette pleine de biftons, sauf que nous, on venait juste échanger de la salive. Pourtant, on avait autant de pression que nos joggings : celle de faire ça bien et, surtout, de tourner la langue dans le bon sens.

CRAIG DAVID
RENDEZVOUS
19·03·01
CD & CASSETTE INCLUDES
BLACKSMITH R&B RERUB MIX
(AS HEARD ON RADIO)
SEE THE VIDEO ON
video-c

S. avait vraiment tout d'un prince Disney, à ceci près qu'à la place du cheval il avait un pitt et en guise d'épée il avait une bouteille de Sunny Delight. Un doux parfum de testostérone et de déodorant Axe Africa émanait de lui. On s'est regardés bêtement pendant cinq longues minutes. Il me fixait intensément, tandis que je ricanais pour masquer ma nervosité et lui faire croire que j'avais fait déjà ça cent fois. Il a donné la laisse de son chien à un pote, a déposé sa bouteille de Sunny D et il a léché le bout de ses doigts pour remettre en place ses sourcils d'une seule main. Quand il m'a prise par le bras et m'a tirée vers lui, c'était les tambours du Bronx dans mon cœur. Il a aspiré ma bouche avec la puissance d'un Dyson, puis j'ai tourné ma langue dans tous les sens de façon mécanique pendant au moins une très longue minute.

La transaction s'est correctement passée, même si je m'attendais à mieux. Puis, lorsque je suis rentrée chez moi, ça a été foudroyant : je suis restée cloîtrée pendant vingt-quatre heures, avec des crampes au ventre et des nausées telles que je ne pouvais rien avaler. J'ai d'abord cru à une gastro-entérite avant de comprendre que j'avais des petits sentiments naissants. Une idée qui me dégoûtait d'avance. Imaginer que je puisse éprouver une émotion si vive pour un garçon et envisager une relation avec lui représentaient pour moi une montagne que je n'avais pas le courage de grimper : c'était un terrible signe de faiblesse. Alors, j'ai pris une grande décision. Avec le courage qui me caractérisait déjà à l'époque, j'ai fait le nécessaire et je lui ai tout dit. À l'aide d'un papier à lettres fleuri et d'un stylo, j'ai décidé de lui annoncer notre rupture. Sans en oublier une miette, j'ai étalé tout mon cœur sur une feuille (avecn bien sûr, le pschitt pschitt de parfum Eau Jeune :

Cher S.,

Je t'écris cette lettre
parce que j'aimerais rompre.

Allez, J'te laisse !
Alison

Big
Bisous
Bien
Baveux

Pschitt pschitt
de parfum Eau Jeune

En termes de karma amoureux, j'avais posé là les bases d'un bon retour de bâton pour les dix années qui allaient suivre. Le soir même, je suis allée chercher du réconfort en m'enroulant dans mon poster de Craig David. Le seul qui me comprenne vraiment.

J'ai su que j'étais en couple avec mon copain le soir où je l'ai appelé pour lui demander : « On mange quoi ce soir ? » Quand j'ai pris conscience de ce que j'avais dit, c'était déjà trop tard. Aussitôt, j'ai paniqué : peut-être étais-je allée trop vite ? Et s'il n'était pas prêt à remettre le couvert ? J'espérais au plus profond de moi que je ne l'avais pas brusqué ou effrayé. C'est quand il m'a répondu d'un ton assuré « Des lasagnes », que j'ai compris que nous étions sur la même longueur d'onde.

Puis les choses sont devenues vraiment sérieuses entre nous lorsqu'il a laissé chez moi le coup de sifflet de départ de la vie à deux et surtout la preuve qu'il a une bonne hygiène bucco-dentaire, je parle bien sûr de sa brosse à dents.

Quand nous avons emménagé ensemble j'ai mis en place un règlement à respecter au quotidien. En général, si nous ne sommes pas d'accord sur un sujet, j'essaie d'agir de façon mature et de privilégier au maximum la communication au sein de notre couple. De fait, je sélectionne un coin de la pièce où nous nous trouvons pour me rouler en boule et je boude jusqu'à ce qu'il cède. Nous l'avons appris en vivant l'un avec l'autre : être en couple c'est faire des concessions dans mon sens. Une autre chose importante que je ne pas néglige pas et qui fait l'essence même de notre binôme, c'est la confiance ! Je respecte entièrement son espace et son jardin secret. Pour maintenir un équilibre entre nous, nous nous devons d'avoir une vie en dehors de l'autre. C'est pourquoi je me refuse à fouiller dans son téléphone en sa présence : j'ai la décence — et c'est vraiment primordial pour moi — d'attendre qu'il soit sous la douche, ou au tennis. Puis je cherche dans son répertoire les prénoms qui éveillent chez moi des soupçons. Petit conseil : attention aux

Être en couple c'est faire des concessions dans mon sens

prénoms de végétaux du style « Flore » ou « Rose », ce sont des femmes qui ont la fâcheuse tendance à ne pas porter de soutien-gorge ! Gare aussi aux prénoms de pierres précieuses, comme « Jade » ou « Rubis », ce sont dans la majorité des cas des pole danseuses ! On ne me la fait pas à moi.

Avec mon amoureux, nous avons très à cœur de lutter contre la routine. Pour cela, nous avons trouvé une excellente solution : dérégler les aiguilles de l'horloge de notre cuisine. Bon, c'est sûr que ça fait arriver en retard au travail, mais c'est extrêmement excitant de ne pas savoir si on va réussir à garder notre job !

En matière de répartition des tâches ménagères, je crois pouvoir dire non sans fierté que l'on est un modèle pour les autres couples car nous sommes pile à 50/50 avec sa mère lorsqu'elle vient nous voir à l'appartement. Le secret, c'est que chacun accepte l'autre avec tous ses petits défauts. Enfin, je lui ai quand même offert une pince à épiler : je ne veux pas le changer, juste lui éviter le monosourcil.

LES TUE-L'AMOUR

1 Il a une housse de couette New York ....

2 Il écrit « Sa va ? » ....

3 Il avait le même nom de famille que moi ....

4 Il fait moit' moit' sur l'addition ....

5 Il a voté Bayrou ....

6 Il trouve que je suis drôle pour une fille ....

7 Il lit les conditions d'utilisation d'iTunes ....

8 Il a une protection d'iPhone en cuir et à clapet ....

9 Il est amoureux de ma mère ....

10 Il a des poils dans le dos ....

MAXI-APHRODISIAQUES

.... Il a un lit à baldaquin. 1

.. Il écrit une thèse sur l'anthropologie métaphysique coercitive des neutrons B12. 2

.... Il connaît par cœur la publicité de la MAAF. 3

.... Il a une carte Visa Electron. 4

.... Il a été délégué de sa classe en CE2. 5

.... Il est drôle. 6

.... Il lit Kundera. 7

.... Il se protège tout court. 8

.... Il s'entend bien avec sa mère. 9

Il sait faire des tresses avec ses poils du dos. 10

MODE d'EMPLOI

Comment tomber amoureuse
de soi-même ?

Contrairement aux idées reçues, il n'est pas obligatoire d'être deux pour s'aimer. Depuis qu'une jeune Américaine originaire du Dakota a décidé de s'épouser elle-même en 2012, sachez qu'il est possible de se marier à sa propre personne, même si ça n'est pas reconnu par la loi.

Avant de songer à vous marier à vous-même, encore faudrait-il tomber amoureuse de votre propre personne ! Pour cela, rien de plus simple. Prenez votre téléphone et envoyez-vous un SMS plutôt explicite pour vous inviter à dîner ce soir. Soyez claire : il est inutile de perdre du temps à vous courir après ! Attendez dix minutes au moins avant de répondre favorablement à votre propre SMS. Pendant ce temps, allez dans votre penderie et choisissez une tenue qui mettra en avant vos plus beaux attributs. L'idée, c'est que vous vous sentiez bien, mais également de vous conquérir. Lorsque vous êtes prête, préparez-vous un bon petit dîner aux chandelles et pas mal d'alcool. Profitez de ce moment pour vous intéresser à vous-même, vous poser des questions, vous dire de jolies choses et surtout vous faire rire ! Si la soirée se déroule bien, vous finirez peut-être dans votre propre lit ! Coquine !

SCIENCES & VIE de la teub

Aujourd'hui, je peux affirmer que je fais preuve d'une grande maturité sur le sujet du sexe car, lorsque je regarde un film dans lequel il y a une scène chaude, je ne ris plus à haute voix. Non, j'ai simplement la tête d'un enfant de 6 mois qui goûte du citron pour la première fois.

Cela étant, dire que les cours de SVT sur la reproduction m'ont vraiment aidée à appréhender la question de la sexualité pour le jour fatidique serait un énorme mensonge. Pour commencer, j'avais dans mes livres des schémas qui représentaient le sexe féminin comme une espèce de tirelire imberbe très abstraite alors que le pénis était extrêmement bien détaillé. La différence était telle que j'avais rebaptisé les SVT en sciences et vie de la teub.

Pour nous préparer, on avait de temps à autre des ateliers pratiques qui consistaient à enfiler des préservatifs sur une banane... mais soyons honnêtes quand même : il y a un monde entre un vrai pénis et une banane. D'abord, un pénis a une meilleure empreinte carbone que la banane ; ensuite, ça ne sert absolument à rien de mettre un pénis dans un sac en papier, ça ne le fait pas mûrir plus vite. Les manuels scolaires en disaient finalement peu sur le sexe féminin et, à en croire les publicités à la télé, mes règles étaient bleues. Partout, le sexe féminin paraissait flou, comme s'il était une zone interdite. En fait, si je suis devenue une experte en matière de connaissances sur le sexe, c'est surtout grâce à ma mère qui amenait le sujet avec autant de discrétion qu'un cul-de-jatte en rollers sur des graviers. Une fois par mois, elle entrouvrait la porte de ma chambre et me jetait des préservatifs de toutes les confections. Puis elle me lançait des regards intenses à table, dès fois que je me décoincerais sur le sujet. Pour en savoir plus, j'ai fini par demander à une copine qui « l'avait fait » de me raconter comment ça s'était passé et à quel point ça faisait mal la première fois. Elle m'a mis une grosse patate dans le bras gauche et m'a dit : « Voilà ! ça fait à peu près aussi mal que ça. »

mon Curriculum Vitaa

Avec mes loses sentimentales, il y a de quoi produire cinq albums de R'n'B français. Alors, à l'instar de la chanteuse Vitaa, voici mon curriculum amoureux.

INFORMATIONS PERSONNELLES

Nom Wheeler

Prénom Alison

Date de naissance
22 juillet 1986

Lieu de naissance
Enghien-les-Bains

Signe astrologique cancer

FORMATIONS

2011 ////////// Master professionnel en Mauvaise foi, communication et quiproquos
Université de Sheryfa Luna Paris 13

2009 ////////// Licence de Lettres modernes d'insultes
Université de Diam's et Vitaa Paris 4

2005 ////////// Baccalauréat général option Philo obtenu le poing levé
Lycée Notre-Dame d'Amel Bent

LANGUES

Langue de bois : Niveau bac

Langue de vipère : Maîtrisée

Soupe de langue : Bilingue

CENTRES D'INTÉRÊT

Sports et passions :
Course à pied occasionnelle, stalker mes ex sur Insta en chialant juste pour la forme.

EXPÉRIENCES SENTIMENTALES

////////// Avec Lucas - 16 ans

Poste occupé : Bonne poire qui reste en couple sans voir qu'elle est cocue au dernier degré

Entreprise : Lycée Notre-Dame

Durée de la relation : 2 ans

Compétence acquise :
espionnage et profilage psychologique

Description des missions réalisées :
J'ai aimé profondément ce garçon qui m'a fait espérer un CDI avec augmentation substantielle pour finalement le surprendre en train de faire des entretiens d'embauche très rapprochés avec mes meilleures amies.

////////// Avec David, 20 ans

Poste occupé :
Friendzone de catégorie 1

Entreprise : Fac

Durée de la relation : Annulation de la promesse d'embauche

Compétence acquise :
Gestion des conflits et de la divergence d'opinion

Description des missions réalisées :
J'ai appris à gérer l'humiliation d'un râteau après trois ans de travail introspectif. David m'a tout le temps sous-entendu que j'étais parfaite pour le poste. Et puis il est tombé amoureux d'une autre fille en soirée.

////////// Avec Jean Christophe, 29 ans

Poste occupé :
La fille trop bien pour lui

Entreprise : Taf

Durée de la relation : 3 ans

Compétence acquise : self-control et communication non violente

Description des missions réalisées :
J'ai su encaisser avec brio le pire mytho du monde pour larguer quelqu'un quand Jean-Christophe a déclaré que j'étais « vraiment parfaite et qu'il ne me méritait pas ».

LE JOUR OÙ...

J'EN AI VU UNE POUR LA PREMIÈRE FOIS

J'ai vu mes premières vraies teubs sur la ligne H entre Gare du Nord et Saint-Denis : je m'en souviens comme si c'était hier. J'allais à la fac, mes écouteurs et un bon *Dieu m'a donné la foi* dans les oreilles, j'étais bien… Peu attentive à mon environnement proche, je croyais naïvement que le mec en face tenait un hot-dog entre les mains. Spoiler ! C'était pas un hot-dog et la mayo ne datait pas d'hier. Si Dieu m'a donné la foi, je peux vous dire que la RATP me l'a reprise aussitôt.
À cette époque, on ne parlait pas autant de harcèlement ou d'agressions sexuelles dans les transports, et ça semblait si banal que j'ai longtemps cru que l'accoudoir central était destiné aux hommes pour qu'ils puissent la poser de temps en temps. Alors, j'ai fait les beaux jours de tous les tchatcheurs, frotteurs et exhibs en tout genre qui m'en ont fait voir des vertes et des pas dures, et je peux vous dire non sans une touche de fierté que j'ai même été élue produit de l'année par les frotteurs de la ligne 13.

confession intime

Ma première walk of shame*

* Marche de la honte.

Un souffle de buffle qui me chatouille l'épaule, une photo d'un gros bébé qui m'est inconnu sur la table de nuit, un bleu qui fait soudainement mal tandis que les effets anesthésiants de l'alcool se dissipent. Mais où suis-je ? Que s'est-il passé ? En quelle année est-on, Marty ?

Tout plein de questions se mettent à tambouriner dans mon cerveau alors que je peine à sortir de mon sommeil de plomb. Le souffle de buffle recommence ; je me retourne et je réalise que ce buffle est un homme. Bastien ? Mais comment s'appelle-t-il déjà ? Baptiste ? Bassiste ! C'est ça ! Il était bassiste dans un groupe qui jouait dans le bar, ça y est, je me rappelle ! C'est fou, il me semblait vraiment beaucoup mieux de nuit et avec des stroboscopes. Je bâille, j'essaie de le réveiller à l'aide d'un crayon trouvé par terre, mais rien n'y fait. Il dort comme une masse. Je me lève et je commence alors une enquête pathétique à l'aide de la lampe-torche de mon téléphone portable pour découvrir où peut bien se cacher ma culotte. La chambre ressemble à un champ de bataille sur lequel je n'ai aucun souvenir d'avoir combattu. Soudain, j'aperçois ma culotte, en même temps que je trébuche sur un LEGO**. J'enfile mes affaires dans un ordre qui échappe à toute logique. Mon slip, mes chaussures, mon T-shirt à l'envers, puis mon jean. Prends mon sac et trouve la sortie.

Dehors, il fait jour, mais c'est pas tout à fait encore le matin. Je croise le chemin d'une vieille dame qui promène son chien minuscule ; elle me jette un genre de regard qui veut dire « T'inquiète, moi aussi je suis passée par là, ma cocotte. »

Je cherche au loin une bouche de métro pour rentrer chez moi ; bien sûr, elle est fermée. Il doit être vraiment très tôt. Je panique et repère enfin un panneau indiquant le nom de la rue dans laquelle je me trouve. C'est le nom de ma rue. J'étais chez moi.

Je viens officiellement d'échouer ma première *walk of shame*.

** Un jour, j'espère qu'un psychologue m'expliquera pourquoi je ne couche qu'avec des fans de LEGO, qui sont incapables de construire une relation.

ÉVOLUTION CHRONOLOGIQUE DE MES

walks of shame

16 ANS

Je pose une galette dans le jardin familial près des hortensias de maman puis, l'haleine sentant bon la Manzana et la pizza Sodebo, je rentre timidement dans le domicile parental avec pour excuse d'avoir « révisé le bac de français un peu avec Sonia avant de rentrer ».

20 ANS

Le pas assuré — mais pieds nus car les talons aiguilles n'ont pas résisté à ma danse enflammée sur les Spice Girls —, je rentre chez mes parents avec un sourire aux lèvres, toute fière d'avoir épaté mes copines : j'ai pécho un mec de dix ans de plus que moi.

30 ANS

Je rentre à pied car j'ai perdu ma carte de crédit dans la boîte de nuit. J'ai l'air bien rageux de la fille qui s'est fait voler tous les BG par des morveuses de 20 ans et qui s'est fait vouvoyer par un barman au manque flagrant de sensibilité.

45 ANS

La démarche hésitante, je ne rentre nulle part car j'ai certes bien bu et ken hier mais, une fois de plus, c'était avec mon mari qui vit sous le même toit que moi.

98 ANS

Je fais un effort surhumain pour sortir de mon lit et marche très lentement car l'arthrose fait bien mal aux genoux, bon sang ! J'attrape une boîte d'antidouleurs sur le chemin et manque de trébucher sur mon chausson. J'arrive enfin aux toilettes... trop tard. Ma couche contre les fuites urinaires va encore devoir prouver ses remarquables capacités d'absorption.

FAQ

Je réponds à vos questions sexo

« Je ne trouve pas le clitoris de mon mari, c'est normal ? »
Évelyne, 52 ans.
Évelyne, êtes-vous sûre d'avoir bien cherché ? C'est pourtant évident, il se situe entre son nombril et la télécommande.

« Mon copain ne veut pas coucher avec moi parce que je ne suis pas vierge, comment réagir ? »
Blanche, 19 ans.
Certains hommes ont besoin de sentir que vous sacralisez l'acte et que vous vous investissez émotionnellement dans ce moment d'intimité. Afin de lui faire retrouver la magie d'une première fois, dites-lui qu'avec lui c'est comme si vous aviez perdu votre virginité pour la quatre-vingt-troisième fois.

« L'autre jour, j'ai confondu le Viagra avec le laxatif, comment me faire pardonner auprès de ma femme ? »
Joseph, 82 ans.
Prenez un bon bol de riz, Joseph.

« Comment faire pour ne jamais coucher le premier soir ? »
Marine, 25 ans.
Couchez l'après-midi !

« Que faire si le pervers en face de moi dans le métro n'ose pas faire le premier pas ? »
Sylviane, 38 ans.
Il faut l'aider à se décoincer. Pour cela, dites-lui des mots doux du genre « Je vais appeler les flics », et composez délicatement le 17 sur votre téléphone. Vous verrez, il passera enfin à l'action, en reboutonnant son pantalon et en détalant à toute vitesse.

« Ma copine veut qu'on essaie le polyamour pour changer, que faire ? »
Louis, 23 ans.
Louis, si c'est juste « pour changer », suggérez-lui de commencer par essayer l'accrobranche avant.

« Mon mari m'interdit de chanter dans son micro pénis. »
Marie-Sophie, 43 ans.
Allez donc dans un karaoké et laissez ce pauvre homme tranquille, Marie-Sophie !

« Je suis tombée amoureuse de mon sexothérapeute. »
Nathalie, 32 ans.
C'est peut-être le début d'une belle histoire. À 100 balles de l'heure, il est probable que votre thérapeute soit sans doute déjà tombé amoureux de votre compte en banque.

« J'ai eu un coup de cœur pour un homme marié, que me conseillez-vous ? »
Marie-Annick, 43 ans.
Étudiez bien le dossier : cet homme marié, c'est peut-être votre mari. Si c'est le cas, tout est réglé !

« J'ai surpris mon fils en train de regarder du porno de mauvaise qualité. »
Hermine, 52 ans.
Réagissez avec fermeté, Hermine ! Prenez la fibre, souscrivez pour lui à un compte premium et faites-lui une petite sélection de films en HD.

Dites-lui qu'avec lui
c'est comme si vous aviez perdu
votre virginité pour la 83e fois

Playlist

10 CHANSONS

à mettre très fort quand votre moitié va aux toilettes

1. Le Pouvoir des fleurs,
Laurent Voulzy
2. What Lovers Do,
Maroon 5, SZA
3. Puisque vous partez en voyage,
Françoise Hardy et Jacques Dutronc
4. Please,
CeeLo Green, Selah Sue
5. Mignon, Mignon,
René la Taupe
6. I Will Survive,
Cake
7. Combien de temps,
Stephan Eicher
8. Amoureuse,
Véronique Sanson
9. Avec classe,
Corneille
10. Respire,
Mickey 3D

la définition

Faire un rêve burotique

Expression populaire

XXIe siècle

Désigne le fait de rêver d'un collègue de bureau qu'on ne désire absolument pas en temps normal, dans des positions très intimes et gênantes avec un réalisme perturbant.

Exemple :
« Putain, hier soir j'ai fait un rêve burotique avec Loris de la compta. Bah, je le vois d'un autre œil, j'peux t'le dire ! »

CONCLUSION

C'est avec beaucoup d'émotion que je termine ce livre, j'espère qu'il aura réussi à vous détendre le temps de sa lecture et qu'il vous aura été utile. J'espère que vous le garderez sous le coude, pour vous réchauffer le cœur en cas de besoin, comme une couverture de survie ou un bon verre de Bailey's en plein hiver. Qu'indirectement, je vous aurai aidé.e à trouver des astuces pour affronter la vie, cette travailleuse du sexe.

J'ai envie de vous dire d'être heureux.se, mais, au fond, si ça vous rend heureux.se d'être triste ça marche aussi.

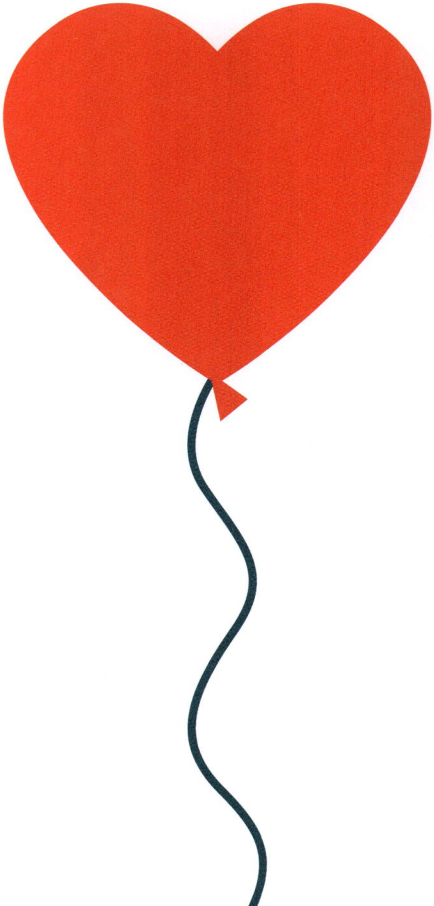

J'en profite pour remercier

- Mathieu Johann, Sabrina, Léa, merci pour votre accompagnement, votre patience et votre gentillesse ;
- Sophie Lagriffol de m'avoir littéralement harcelée pour pondre ce texte et pour tes corrections ;
- Lisa Carletta ma rousse au talent immense, merci d'avoir prêté ton humour et ton talent à ce livre qui avait besoin de toi ;
- Caroline qui a fait toute la maquette de ce livre, t'es sacrément douée quand même ;
- ceux qui ont été négligents avec leur contraception : merci papa, merci maman ;
- Amaury, ma force et mon soutien infaillible ;
- Clément, pour ton aide et tes précieux conseils ;
- mes amis qui se reconnaîtront, que j'aime du fond du cœur et qui m'encouragent au quotidien ;
- tout le collège Jules-Ferry d'Ermont-Eaubonne ;
- ceux qui ont acheté ce livre ;
- ceux qui ont volé ce livre ;
- les arbres qui ont donné de leur vie pour ce livre ;
- ceux qui croivent en moi : sachez qu'au jour d'aujourd'hui je vous aime.

Achevé d'imprimer en septembre 2021
par GPS Group

Dépôt légal : octobre 2021.

MIXTE
Papier issu de
sources responsables
FSC® C118234